Lettres anonymes

J'AI LU

R.L. STINE

R.L. Stine est né en 1943, à Bexley, dans la banlieue de Columbus. Fils aîné d'une famille modeste, il découvre une vieille machine dans son grenier et décide d'écrire son premier recueil d'histoires drôles. Diplômé de l'université d'Ohio, il part en 1967 pour New York dans l'espoir de s'y voir consacrer écrivain. Il sera d'abord rédacteur en chef du magazine humoristique pour enfants Bananas. *Un an plus tard, il y rencontre sa femme, Jane, avec qui il aura un fils, Matt.*
Il décide alors de se lancer dans un genre nouveau : les livres d'épouvante pour les jeunes. Il connaît un énorme succès et chacun des ses livres est un best-seller. Quand on lui demande d'où lui viennent ses idées, il répond s'inspirer du mode de vie et du langage de son fils, auxquels il mêle les frayeurs du petit garçon qu'il était.
Il vit depuis plus de vingt ans à Manhattan où il écrit tous les jours dans son appartement près de Central Park.

R.L. Stine

Lettres anonymes

Traduit de l'américain
par Oscar Spouque

Éditions J'ai lu

Titre original :
FEAR STREET™ – BROKEN HEARTS
This edition is published by arrangement with the original publisher, Pocket Books, a division of Simon & Schuster Inc., New York

PROLOGUE

SEPTEMBRE

L'automne

Le drame eut lieu par une belle journée ensoleillée.

Erica McClain regardait défiler les maisons et les jardins par la vitre arrière de la voiture. Sur les grands érables, les feuilles commençaient à roussir. Seules ces petites taches orange laissaient deviner que l'été venait de se terminer.

Melissa Davis engagea la voiture sur Old Mill Road et donna un coup d'accélérateur. La Firebird bleue répondit en rugissant, et bondit en avant.

— Pourquoi est-ce qu'on a décidé de faire ça aujourd'hui ? demanda-t-elle.

— Et pourquoi pas ? répondit Josie McClain.

Elle était assise à l'avant, à côté de Melissa, et tournait depuis un moment le bouton de la radio à la recherche d'une bonne station.

— C'est une journée idéale pour faire du cheval, ajouta Rachel McClain, assise à l'arrière avec Erica, en se penchant entre les sièges avant. Josie, arrête de tripoter cette radio, ça me tape sur les nerfs.

— Mais je ne trouve rien de bien !

— Mets une cassette.

— Je les ai oubliées, dit Melissa en donnant un brusque coup de volant pour doubler un camion.

Têtue comme une mule, Josie continua à passer toutes les stations en revue. Derrière, Erica ne put retenir un gloussement. Rachel et Josie, ses sœurs aînées, se comportaient parfois si bêtement !

Rachel et Josie étaient jumelles. Elles avaient seize ans, et étaient si différentes l'une de l'autre qu'elles s'étaient elles-mêmes surnommées les Antijumelles.

Rachel avait un visage plein de douceur, un ovale parfait, la peau très pâle et de grands yeux verts. Ses cheveux, aux reflets cuivrés, lui descendaient jusqu'aux reins.

Malgré cette chevelure flamboyante, elle était la plus posée des deux. Elle avait une voix mélodieuse, et donnait en permanence une impression de confiance en elle et de sérénité. Rachel était très belle et avait l'habitude de toujours obtenir ce qu'elle voulait.

Josie, avec ses cheveux noirs, ses yeux sombres et brillants, était d'un caractère plus difficile, et surtout plus imprévisible. Même si Rachel et elle s'entendaient très bien et finissaient toujours par se retrouver sur les choses importantes, Josie faisait son possible pour se différencier de sa jumelle.

Elle mettait un point d'honneur à garder les cheveux courts. Elle portait toujours de grandes boucles d'oreilles fantaisie. Elle avait soigné son bronzage pendant l'été, tandis que Rachel avait conservé son teint d'ivoire.

Rachel adorait faire les magasins et s'habiller à la dernière mode. Josie, elle, restait fidèle à son vieux jean avec un tee-shirt.

Malgré leurs différences, Josie et Rachel étaient liées par une complicité qu'Erica enviait parfois. Elle était aussi un peu jalouse de la liberté dont elles jouissaient. Erica avait quatorze ans, bientôt quinze, mais ses sœurs aînées la traitaient comme si elle en avait six !

Elle avait été surprise quand Rachel lui avait proposé de venir faire une balade à cheval avec elles. Ravie, elle se disait que, maintenant qu'elle était sur le point de rentrer au lycée, elles allaient peut-être enfin la considérer comme une personne à part entière et non plus comme une gamine.

— Quand tu vas voir le garçon qui s'occupe de l'écurie, dit Josie à Rachel, tu vas tomber raide. Tu sais, Melissa, celui qui nous a donné nos chevaux la dernière fois. Il est super mignon.

— Il s'appelle comment déjà ? demanda Melissa en s'arrêtant à un feu rouge.

Melissa était une très jolie fille à l'air un peu espiègle, dont le visage lumineux et plein de vie était encadré par de longs cheveux d'un noir d'ébène.

— Chuck, je crois. Mais je n'en suis pas sûre. J'étais tellement hypnotisée par ses yeux bleus que je n'ai même pas entendu son nom. Quand il sourit, il a une fossette sur chaque joue. Ça me fait complètement craquer ! Je suis certaine qu'il était sur le point de me proposer un rencard quand il a dû aider une femme qui avait un pied coincé dans un étrier.

— Comme c'est romantique ! s'exclama Rachel avec un petit rire moqueur. T'en as pas un peu marre, Josie, de courir après les garçons ?

— Et toi, t'en as pas marre de poser des questions idiotes ?

— Erica, tu as un petit copain ? demanda Melissa en levant les yeux pour croiser ceux de la jeune fille dans le rétroviseur.

Erica se sentit rougir.

— Non. Enfin, pas vraiment, répondit-elle le plus calmement possible en détournant le regard.

Elle se mit à mâcher énergiquement son chewing-gum pour se donner une contenance.

— Bah, ça viendra, assura Melissa. Et puis tu rentres en seconde, cette année, non ?

— Ouais. Je vais enfin aller au lycée.

— J'espère que t'auras pas Anderson en maths, dit Melissa, les yeux toujours levés vers le rétroviseur. C'est un cauchemar, ce bonhomme.

Melissa avait l'âge de Rachel et de Josie — c'était la meilleure amie de Josie — mais elle avait toujours été très gentille avec Erica. Elle lui parlait comme si elle était vraiment quelqu'un d'intéressant, et pas simplement la petite sœur d'une de ses amies. Elle habitait la maison qui faisait face à celle des McClain dans Fear Street.

La forêt qu'elles traversaient laissa brusquement place à

…astes prairies, séparées de la route par de grossières barrières de bois. Elles aperçurent bientôt la vieille enseigne du club équestre de Shadyside.

Melissa ralentit et s'engagea dans l'allée qui menait au parking. Elle s'arrêta dans un nuage de poussière.

A l'autre extrémité du parking, se dressait une grande écurie peinte en gris. Un chemin de terre partait de la porte de derrière, traversait la prairie avant de s'engouffrer dans les bois.

Erica repoussa vers l'avant le siège de Josie et sortit de la voiture en mettant une main en visière au-dessus de ses yeux pour se protéger de l'éclat du soleil.

— Attendez-moi ! cria-t-elle.

Ses deux sœurs et Melissa s'éloignaient déjà à grands pas en direction de l'écurie.

— Hé, Chuck ! Chuck ! appela Josie en faisant de grands signes de la main, au moment où un jeune homme blond, en jean et chemise bleue délavée, passait devant la porte.

Il s'arrêta pour les accueillir. Quand Erica pénétra dans la demi-obscurité de l'écurie derrière Melissa et ses sœurs, son excitation se changea soudain en nervosité.

— Oh !

Elle ne put retenir un petit cri de surprise lorsqu'un des chevaux que Chuck tenait par la bride se mit à hennir bruyamment.

Je ne peux pas monter là-dessus, se dit-elle.

Les chevaux lui paraissaient soudain gigantesques.

Erica n'était ni très courageuse ni très sportive. L'athlète de la famille, c'était Josie. Elle jouait remarquablement au tennis, nageait comme un poisson, adorait le patin à glace et même le foot — comme la plupart des autres sports, d'ailleurs.

Qu'est-ce qui m'a pris d'accepter de les suivre ? se demandait Erica...

Quand la fête foraine venait s'installer à Shadyside, tous les étés, Rachel et Josie se précipitaient sur tous les manèges, tandis qu'Erica en avait une peur bleue. Pendant que ses sœurs hurlaient de joie en tournoyant dans les airs, en faisant des loopings ou en dévalant à toute vitesse des pentes abruptes dans des wagons bringuebalants, Erica fermait les yeux, se recroquevillait sur elle-même et priait pour que ça se termine au plus vite.

A présent, en observant les chevaux qui s'ébrouaient et piaffaient d'impatience, Erica pensait aux manèges et se rendait compte que grimper sur ces bêtes-là serait sans doute aussi terrifiant — si ce n'est plus, car ils étaient *vivants*.

Tandis que Melissa, Josie et Rachel suivaient Chuck, Erica resta en arrière à les observer. Comme l'avait dit sa sœur, Chuck était vraiment super mignon. Et Josie en connaissait un rayon...

Elle avait déjà un petit copain, Jerry Jenkman — que tout le monde appelait Jenkman. Mais depuis quelque temps, elle parlait de le laisser tomber. Erica avait l'impression que sa sœur changeait de petit copain à peu près aussi souvent que de chaussettes.

Elle vit Josie poser sa main sur l'épaule de Chuck en lui parlant, l'air de rien.

— Les garçons adorent ça, lui avait-elle confié un jour. Ça leur fait croire que tu es tellement dingue d'eux que tu ne peux pas t'empêcher de les toucher.

Chuck sortit quatre chevaux de leurs boxes et les attacha dans l'allée centrale. Puis il alla chercher des couvertures et des selles empilées dans un coin de l'écurie. Immobile près de la porte d'entrée, Erica sentit l'angoisse lui nouer l'estomac.

Et en plus ça pue, ici, se dit-elle.

En parlant à voix suffisamment haute pour qu'elle aussi puisse l'entendre, Chuck demanda aux filles si elles voulaient seller leurs chevaux. Avant de sortir de l'écurie pour aller accueillir de nouveaux arrivants, il leur adressa un grand sourire lumineux.

— Erica, tu veux le noir ? lui demanda Josie. Qu'est-ce que tu fabriques ? Viens !

De mauvaise grâce, Erica se décida enfin à les rejoindre.

Les yeux baissés, elle semblait aussi enthousiaste qu'un condamné marchant vers l'échafaud.

— Je... je crois que je ne vais pas vous accompagner, balbutia-t-elle en levant les yeux sur l'immense cheval noir que Melissa tenait par la bride.

Tandis qu'Erica s'avançait vers lui, en essayant de maîtriser sa peur, les yeux du cheval s'agrandirent comme à l'approche d'un danger et ses narines se dilatèrent. C'est un véritable monstre, se dit-elle en tremblant de la tête aux pieds.

— Quoi? fit Rachel, bouche bée, en chassant machinalement une mouche de son front pâle.

— Qu'est-ce que tu racontes? demanda Josie d'une voix agacée. Tu ne veux plus faire de cheval? Qu'est-ce qu'il y a, tu te sens pas bien?

— J'ai mal au ventre, grommela Erica avec une grimace.

— Erica, fit Josie, chaque fois qu'on fait quelque chose d'un peu amusant, tu nous dis que tu as mal au ventre. C'est énervant, à la fin.

— J'y suis pour rien, moi! protesta-t-elle. C'est ma faute, si j'ai mal au ventre?

— On a déjà payé pour ton cheval, intervint Melissa en plongeant ses grands yeux bleus dans ceux de la jeune fille, comme pour essayer de deviner si elle disait la vérité.

— Je vais aller lui demander de nous rembourser, rétorqua Erica. Il a l'air sympa, je suis sûre qu'il acceptera. Ensuite, je vous attendrai ici.

Josie commença à protester en pestant contre sa sœur, mais Rachel s'empressa de l'interrompre.

— Comme tu veux, Erica, dit-elle en prenant sa défense. On ne va pas te forcer à monter à cheval si tu n'en as pas envie, ce serait ridicule.

— Mais c'est pas que j'en ai pas envie, mentit Erica. J'ai vraiment mal au ventre, je vous assure.

— Tu veux que je reste ici avec toi? Ou que je te ramène à la maison? proposa Rachel, qui semblait sincèrement inquiète.

— Rachel, tu vois pas qu'elle a la trouille? ricana Josie. Elle n'a pas plus mal au ventre que moi.

— Non, j'ai pas la trouille. Pourquoi tu dis ça? J'aurais aimé faire du cheval. Vraiment.

— Tu sais, Erica, fit Melissa en jetant un regard réprobateur à Josie, on n'est pas meilleures que toi, si c'est ça qui te tracasse. Josie et moi, on n'est montées qu'une seule fois à cheval dans notre vie. Mais ne le dis pas à Chuck, hein. On lui a menti, l'autre jour, on lui a dit qu'on était des pros.

— On ira doucement, si ça peut te rassurer, proposa Josie.

— Je me sentirai peut-être mieux dans un moment. Vous n'avez qu'à y aller, je vous rejoindrai.

Elle détestait se sentir si peureuse, mais elle n'y pouvait rien. Et de toute façon, l'odeur des stalles commençait à la rendre réellement malade.

— Décidez-vous, les filles, on est en train de gâcher notre heure de cheval, se plaignit Melissa en jetant un coup d'œil à sa montre.

— C'est vrai, acquiesça Josie. Allez, on selle. Vite. Salut, Erica.

A cet instant, Erica fut submergée par une vague de sentiments contradictoires. Elle se sentait à la fois soulagée, déçue et furieuse contre elle-même de n'avoir pas réussi à surmonter sa peur. Dépitée, elle s'assit lourdement sur un banc et croisa les bras.

Le cheval de Rachel, un grand alezan avec un œil marron et l'autre bleu, piaffait nerveusement tandis qu'elle s'efforçait d'attacher la sangle de la selle.

— Tu peux venir m'aider? demanda-t-elle à Josie en reculant d'un pas. Je ne suis pas sûre de très bien m'y prendre.

Josie termina de seller son cheval, puis, écartant sa sœur d'un geste presque dédaigneux, fixa sa sangle comme si elle avait fait ça toute sa vie.

— Je crois que tu l'as trop serrée, là, tu vois. Tout doux, mon grand. Tout doux. Qu'est-ce que tu as, à t'agiter comme ça, hein? fit-elle en tapotant affectueusement l'encolure du cheval. Tu es presque aussi nerveux qu'Erica, on dirait.

— Je t'ai entendue ! cria Erica depuis son banc.

— Tu te sens mieux ? lui demanda Rachel.

— Un petit peu, oui. Je vous rejoins dans un petit moment.

— Tu parles ! grommela Josie, sarcastique. Et moi, dans un petit moment, je me marie avec le pape. Bon, Melissa, tu penses que j'ai bien sanglé le cheval de Rachel ?

Melissa avait sorti son cheval de l'écurie et venait de monter dessus. C'était un mâle blanc tacheté de brun. Il avait l'air un peu abattu. Mais ce n'était sûrement qu'une apparence.

— Oui, ça a l'air à peu près bien, vu d'ici. Grouillez-vous. Il nous reste à peine trois quarts d'heure !

Rachel conduisit à son tour son cheval à l'extérieur, glissa son pied dans l'étrier, et essaya de se hisser sur le dos de l'animal. Mais celui-ci tressaillit et s'écarta d'un pas en fouettant l'air de sa queue.

— Holà ! s'écria-t-elle en se laissant retomber sur le sol. Qu'est-ce qui lui prend ?

Josie et Melissa éclatèrent de rire.

— Je ne pense pas que ce soit contre toi, ne te vexe pas, lança Josie d'un ton moqueur.

— Oui, ne t'affole pas. Il a dû se faire piquer par un taon, ou une bestiole.

Rassurée, Rachel répéta la manœuvre et, cette fois, réussit à grimper en selle. Elle se tourna vers les deux autres, arborant un sourire fier.

— Où est ta bombe ? lui demanda Melissa.

— Ma quoi ?

— Ton casque, si tu préfères.

— Ah... Chut ! Ne parle pas de ça, tu vas me faire repérer. Je déteste porter ces trucs-là. Je veux réussir à sortir d'ici sans que personne le remarque.

— Alors on y va, hop ! s'exclama Josie en donnant un petit coup de talon dans les flancs du cheval.

Son cheval obéit immédiatement et s'engagea en trottant sur l'étroit chemin de terre qui partait de l'écurie.

— C'est pas très sympa vis-à-vis d'Erica, fit remarquer Melissa en jetant un coup d'œil par-dessus son épaule.

— Arrête, c'est une gamine, répliqua Josie en secouant la tête. Elle est mieux sur son banc, ne t'inquiète pas.

— Tu peux la lâcher une minute, non? fit Rachel, dont le cheval venait de prendre la tête du petit groupe. Elle a un peu peur de temps en temps, c'est tout. C'est normal. Hé, doucement, toi, l'animal... Tout doux. Tu es pressé ou quoi?

— Tu as raison, admit Josie en revenant à sa hauteur. Je ne devrais peut-être pas être si dure avec elle.

— C'est pas évident, le lycée, remarqua Melissa, qui rebondissait sur sa selle et paraissait encore plus menue et plus fragile que d'habitude. Changer d'école, ça n'est pas toujours facile.

— Et en plus elle est tout excitée de se retrouver dans le même lycée que nous, ajouta Josie. Comme si elle ne nous voyait pas assez à la maison!

— Oh, tout doux! répéta Rachel. Comment il s'appelle ce cheval? Le Bolide?

— Pas tout à fait, dit Josie. Il s'appelle Pépère!

Elles éclatèrent de rire tandis que le Pépère en question continuait à filer devant les deux autres. Le chemin de terre traversait une grande prairie avant de s'enfoncer dans la forêt.

— Qu'est-ce que c'est beau, ici, s'écria Rachel en jetant un regard circulaire autour d'elle.

— Je n'arrive pas à croire que l'été est terminé, soupira Melissa en tirant un peu sur ses rênes.

— Et pourtant si, grommela Josie. Je suis allée au centre commercial, hier, m'acheter un nouveau jean. La moitié de Shadyside High était là, ils préparent tous la rentrée.

— Qu'est-ce que tu fais ce soir? lui demanda Melissa pour changer de sujet. Tu sors avec Jenkman?

— Ouais, fit Josie avec une grimace. Je crois. Sauf si Chuck me propose quelque chose d'autre, bien sûr...

— Oh non, pitié! s'écria Melissa. Tu ne t'arrêtes jamais?

Ne me dis pas que tu as déjà l'intention de quitter Jenkman ?

— Et pourquoi pas ? fit Rachel. Elle est avec lui depuis presque un mois, tu te rends compte ?

— Ah, ah ! Très drôle, dit Josie d'un ton sarcastique. Tu es jalouse, Rachel, c'est tout, parce que je fréquente plein de garçons. Luke et toi, vous ressemblez déjà à un vieux couple.

— N'importe quoi.

— Au fait tu sors avec Luke depuis combien de temps ? Tu portais encore des couches, à l'époque, non ? la taquina Melissa.

— On est ensemble depuis la seconde, répondit Rachel en lui tirant la langue.

— Quelle horreur... grogna Josie. L'ennui absolu.

— Luke n'est pas ennuyeux ! rétorqua Rachel, en serrant les rênes pour garder le contrôle de sa monture qui s'était mise au petit trot. Retire ce que tu viens de dire, Josie.

— Dave n'est pas ennuyeux non plus, déclara Melissa derrière elles.

— Alors ça, je n'arrive pas à croire que tu sortes encore avec Dave Kinley, lui lança Josie. Pourquoi est-ce que tu te jettes toujours sur ceux que j'ai balancés.

— Difficile de faire autrement, tu en as tellement balancé...

— Tu verras, dit Josie très sérieusement, tu le quitteras aussi, Dave. Comme moi. Je te parie n'importe quoi. C'est un vrai gamin.

— Tu vois des gamins et des gamines partout, fit Melissa, soudain plus grave elle aussi. Moi, je l'aime bien, Dave. Il est un peu exubérant, mais...

— Mais c'est un gamin.

— Et alors ? intervint Rachel. Il y a pire, comme défaut, non ?

— Vas-y, lesquels ?

— Bon, si on arrêtait de bavarder pour faire un peu de cheval ? proposa Melissa. On décidera qui est un gamin et qui ne l'est pas une autre fois, d'accord ?

Josie et Rachel approuvèrent d'un signe de tête et les trois filles se mirent en file indienne, et laissèrent leurs chevaux trotter sur le sentier sinueux.

On n'entendait plus que le bruissement des feuilles et le martèlement sourd des sabots sur la terre. Melissa se mit à penser rêveusement à Dave. Josie se trompait sur son compte. Josie était une amie, mais elle n'avait pas toujours un jugement très juste sur les gens.

Melissa savait très bien pourquoi elle trouvait Dave gamin. Il avait en effet un côté loufoque, un peu sauvage, qui n'était d'ailleurs pas sans rappeler le caractère de Josie elle-même.

Et s'ils ne s'étaient pas entendus lorsqu'ils étaient ensemble, c'est simplement parce qu'ils se ressemblaient trop.

L'un comme l'autre pouvaient être cruels. Oui, Josie avait été vraiment cruelle avec Dave quand elle l'avait laissé tomber. Il en avait été profondément blessé, Melissa le savait.

Josie ne semblait pas se soucier du mal qu'elle faisait aux garçons. Elle pouvait pourtant être sensible et attentionnée, quand elle le voulait. Elle avait aidé Melissa à plusieurs reprises, et elle aimait énormément ses deux sœurs, malgré les apparences. Mais quand elle avait décidé de balancer un garçon, elle ne prenait pas de pincettes. Elle traitait les garçons comme des jouets qu'on jette quand on en a marre.

— Regardez ! s'écria Rachel, en montrant un arbuste du doigt. Un oiseau-mouche !

Sa voix tira brusquement Melissa de ses pensées.

— Il est minuscule, dit Josie. On dirait une libellule.

Comme s'il s'était senti insulté par sa réflexion, l'oiseau-mouche s'éleva aussitôt dans les airs et disparut entre les arbres.

Lorsqu'elles sortirent de la forêt, les trois cavalières furent aveuglées par le soleil éclatant de l'après-midi.

Loin devant elle, Melissa vit Rachel tirer de toutes ses forces sur les rênes de son cheval.

— Tout doux ! cria-t-elle. Ralentis, espèce d'idiot !

Elle tourna vivement la tête vers sa sœur et son amie, une

expression de panique sur le visage, sa longue chevelure rousse flottant au vent.

— Je n'arrive pas à l'arrêter ! hurla-t-elle, affolée.

— Continue à tirer sur les rênes ! cria Melissa.

— Tout doux ! Tout doux !

Le chien parut surgir de nulle part. C'était un grand chien de berger gris. Il fonça droit sur le cheval de Rachel.

Melissa ne l'aperçut que lorsque Pépère, qui portait vraiment mal son nom, se cabra brusquement en hennissant de terreur.

Il resta une seconde ou deux sur ses pattes postérieures en battant l'air de ses sabots, puis se laissa lourdement retomber, en inclinant la tête jusqu'au sol. A cet instant, Melissa vit la selle de Rachel se détacher comme si elle n'avait pas été sanglée.

Josie et elle poussèrent un cri d'horreur en voyant Rachel passer par-dessus la tête du cheval, en agitant frénétiquement les bras.

Elle retomba sur le sol avec un bruit mat.

Le chien se mit à aboyer férocement.

Le cheval lui répondit par des hennissements effrayés, les yeux exorbités et les narines dilatées, avant de s'enfuir au grand galop vers l'écurie.

Rachel restait étendue sur le sol, face contre terre. Elle ne bougeait pas.

— Elle est tombée sur la tête ! hurla Josie. Melissa, Rachel est tombée sur la tête !

— Josie ! cria Melissa, le souffle court, en tentant de calmer son cheval. Josie, va chercher de l'aide ! Va chercher quelqu'un à l'écurie ! Vite !

Mais Josie ne réagissait pas. Elle ne pouvait détacher ses yeux du corps inerte de sa sœur.

— Va chercher de l'aide, Josie !

Elle semblait ne pas entendre.

— Elle est tombée sur la tête ! répétait-elle, ses grands yeux noirs emplis d'épouvante. Elle est tombée sur la tête !

PREMIÈRE PARTIE

FÉVRIER

1

Une surprise dans le courrier

— Tout doux !

Melissa sentait le cheval vibrer sous elle, comme une machine qui tourne à plein régime.

Il lui paraissait si grand, si puissant, si rapide... Ses sabots retentissaient bruyamment dans l'obscurité. Il l'emmenait maintenant au triple galop, elle ne pouvait plus le contrôler.

Elle sentait tous les muscles de la bête se tendre, elle entendait son souffle régulier, comme le ronflement entrecoupé d'une locomotive.

— Doucement ! S'il te plaît !

Au triple galop dans l'obscurité. Elle ne pouvait plus le contrôler.

Plus vite. Toujours plus vite.

Elle se pencha en avant, et serra ses bras autour de l'encolure du cheval.

— Tout doux ! S'il te plaît ! Tout doux !

Elle le serrait de plus en plus fort. Si fort qu'elle sentait le sang battre dans les veines du cheval, elle sentait sa gorge palpiter.

— Au secours ! Aidez-moi !

Elle ne pouvait plus le contrôler.

— Au secours, aidez-moi ! Je vais tomber !

Le cheval galopait encore à toute allure lorsque quelqu'un la secoua par l'épaule et l'appela par son prénom.

— Melissa, réveille-toi !

Mais le cheval ne s'arrêtait pas.

Puis elle ouvrit les yeux, toujours secouée par la course folle de l'animal, toujours désespérément agrippée à lui.

— Melissa, c'est encore un cauchemar, chuchota sa mère d'une voix douce. Ce n'est qu'un mauvais rêve, Melissa. Réveille-toi.

— Le cheval ne voulait pas s'arrêter, maman.

Mme Davis serra tendrement sa fille dans ses bras.

— Le cheval ne voulait pas s'arrêter, répéta Melissa à voix basse en se laissant retomber sur son oreiller. J'allais tomber.

— Ça fait maintenant cinq mois que c'est arrivé, et tu rêves encore de chevaux.

Mme Davis se pencha en avant et alluma la lampe de chevet. Melissa plissa les yeux, éblouie par le cône de lumière vive.

— Oui, fit-elle. Déjà cinq mois.

Le cheval venait enfin de disparaître, comme effacé par la lumière crue de la lampe. Le martèlement furieux de ses sabots fut emporté par un courant d'air frais qui venait d'entrer par la fenêtre ouverte de la chambre.

— Toujours le même cauchemar, murmura Melissa en remontant les couvertures jusqu'à son menton. Et toujours le même cheval.

Sa mère se redressa en bâillant et traversa la chambre pour aller fermer la fenêtre. Le vieux parquet ciré craquait sous ses pieds nus. Melissa aperçut la lune en croissant, tranchée en deux par une traînée nuageuse noire.

— Ces horribles rêves finiront bien par te laisser tranquille.

— Ils ont l'air si... réels.

Mme Davis revint s'asseoir à côté de sa fille et lui caressa doucement le front pour en écarter les cheveux qui s'y étaient collés.

— Ce n'est rien, ce n'est qu'un cauchemar.

Mais ces mots de réconfort sonnaient creux, pour l'une et l'autre.

— Toujours le même cheval, répéta Melissa, les yeux perdus dans le vague.

— Tu as vu Rachel et Josie, récemment ? demanda Mme Davis en tirant sur les manches de sa chemise de nuit.

— Je vais voir Rachel le plus souvent possible. Je *crois* qu'elle est contente de me voir. C'est difficile à dire. Elle ne parle pas beaucoup, tu sais. Elle me fixe avec ses grands yeux, c'est tout.

Sa mère secoua tristement la tête.

— Certains jours, elle a l'air d'aller plutôt bien, continua pensivement Melissa. Dans ces moments-là, j'ai l'impression qu'elle comprend ce que je lui dis. Mais je n'en suis jamais très sûre. Et puis parfois, elle se met à raconter n'importe quoi. Comme si elle déraillait complètement. Et le pire, c'est que... je me demande si elle sait vraiment qui je suis.

— C'est affreux...

Melissa tourna la tête vers la fenêtre. La lune était à présent complètement cachée par les nuages noirs.

— Et Josie ?

— Je n'en sais rien, maman, répondit-elle avec un profond soupir. On n'est plus vraiment amies, Josie et moi.

Mme Davis écarquilla les yeux de surprise.

— Pourquoi, Melissa ?

— Elle m'en veut. Elle m'en veut pour ce qui est arrivé à Rachel.

— Quoi ? Mais c'est tellement injuste !

Melissa ferma les yeux et murmura :

— Je sais, maman. Je sais...

— Steve, arrête ! s'écria Josie. Ne t'approche pas !

Elle recula de deux pas et manqua de se prendre les pieds dans le tapis. Elle fixait Steve Barron d'un œil inquiet, tandis qu'il continuait à avancer vers elle, un étrange sourire aux lèvres.

— Allez, arrête ! ordonna-t-elle lorsqu'elle se retrouva

acculée contre les lambris. Qu'est-ce que tu caches derrière ton dos ?

Le sourire de Steve se fit encore plus espiègle. Ses yeux bleus brillaient malicieusement.

— Rien, dit-il. Qu'est-ce qui te fait croire que je cache quelque chose ?

— Steve...

Avant que Josie ait eu le temps de pousser le moindre cri, il l'attrapa par l'épaule et lui écrasa en pleine figure la grosse boule de neige qu'il tenait dans l'autre main.

— Je t'aurai ! cria-t-elle en riant et en se tortillant pour essayer de lui échapper.

Il riait tellement, lui aussi, qu'elle parvint à s'écarter de lui et à s'emparer du reste de la boule de neige. Elle la lança dans sa direction de toutes ses forces, mais elle n'était plus assez dense et se désintégra sur le tapis.

— C'est pas drôle ! fit-elle en frottant sa main froide et humide sur le visage de Steve. Si ma mère s'aperçoit que tu as apporté de la neige dans la maison, elle te tue.

— Elle est pas là, ta mère.

Il revint vers elle pour lui poser de nouveau une main sur l'épaule et, soudain, une petite lueur apparut au fond de ses yeux et son visage de beau gosse s'éclaira d'un sourire diabolique.

— Mais oui, dis donc ! Ta mère n'est pas là !

Il baissa doucement la tête et pressa ses lèvres contre celles de Josie. Adossée au mur du bureau, elle lui rendit fougueusement son baiser.

Ils furent interrompus par des jappements aigus qui provenaient de la porte. Interloquée, Josie repoussa aussitôt Steve.

— Muggy, qu'est-ce qui t'arrive ? demanda-t-elle au petit terrier blanc qui continuait à aboyer, en agitant frénétiquement la queue. Pas de panique, c'est Steve !

— Bouh ! cria Steve.

Le chien poussa un gémissement lamentable et se dirigea vers Josie, en quête de protection. Mais il fut distrait en chemin par la neige qui fondait sur le tapis.

— Comment tu peux supporter cette espèce de rat ? dit Steve. Pourquoi tu ne l'écrabouilles pas une fois pour toutes d'un bon coup de talon ?

— Tu es dégoûtant, Steve. Comment tu peux dire une chose aussi horrible sur Muggy ?

Elle s'accroupit pour ramasser le petit chien, qui lui donna deux coups de langue rapides sur la joue avant de s'agiter nerveusement, impatient de retrouver la terre ferme.

— Beurk, éructa Steve en secouant la tête. Tu laisses ce gros rongeur te lécher ? Tu as une idée de ce qu'il a pu lécher avant de venir ici ?

— Très drôle, dit-elle en reposant doucement Muggy.

Le chien s'enfuit du bureau en courant. Josie tourna les yeux vers la fenêtre. L'épaisse couche de neige qui recouvrait le jardin scintillait comme de l'argent sous le soleil de la fin d'après-midi.

De l'autre côté de la rue, elle apercevait la maison de Melissa. La Firebird bleue de son ancienne amie était garée dans l'allée.

— Il fait froid, ici, dit-elle en se retournant vers Steve et en se frottant énergiquement les bras. Je déteste cette vieille maison, c'est plein de courants d'air.

— Viens là. Je vais te réchauffer.

Elle le repoussa puis changea d'avis et le laissa l'embrasser une nouvelle fois. Tandis que leurs lèvres s'entrouvraient, elle le regardait fixement. Elle n'aimait pas fermer les yeux dans ces moments-là. Elle voulait le voir.

Il est vraiment mignon, se dit-elle. Le type même du bel Américain. Des cheveux blonds, légèrement ondulés. De grands yeux bleus. Un nez parfaitement droit. Un sourire à fondre. De larges épaules.

Depuis combien de temps sortait-elle avec Steve ? Depuis qu'elle avait jeté Jenkman, en fait. C'est-à-dire juste après l'accident de Rachel. En septembre. Steve et elle étaient donc ensemble depuis bientôt cinq mois.

Ce n'est pas rien, tout de même, se dit Josie. Pour moi, en tout cas. C'est même sûrement mon record. Et je ne me suis encore jamais ennuyée une seconde avec lui. Quel est ton secret, Steve ? Pourquoi est-ce que je ne t'ai pas encore laissé tomber ? Parce que tu apportes des boules de neige dans la maison ? Parce que je n'arrive jamais à deviner ce que tu vas faire dans la seconde qui suit ?

Il détacha doucement ses lèvres des siennes, fit un pas en arrière et passa une main dans ses cheveux blonds. Puis, en la regardant droit dans les yeux, il rajusta son sweat-shirt marron et blanc de Shadyside High.

— Bon, on va au centre commercial ou pas ?

— Si tu veux, oui. Je monte prévenir Erica.

— On ne l'emmène pas, hein. Elle ne va pas faire d'histoires ?

— Ça ne m'étonnerait pas, c'est son genre.

Josie s'arrêta juste après la porte du bureau. Le courrier du jour était empilé sur la petite table du couloir. Elle ramassa les cinq ou six lettres et y jeta un bref coup d'œil. Des factures, sans doute.

— Tiens, il y a quelque chose pour moi ! s'exclama-t-elle.

— C'est de qui ?

— J'en sais rien.

Elle décacheta soigneusement l'enveloppe, en sortit une carte postale et la lut silencieusement. Au bout de quelques secondes, sa main se mit à trembler. Elle releva lentement la tête et tourna vers Steve un regard épouvanté.

2

Un cœur de mauvais goût

— Je... je peux pas le croire, bredouilla Josie en relisant fébrilement la carte.

— Qu'est-ce que c'est ? demanda Steve.

— Une carte pour la Saint-Valentin.

— Quoi ? C'est de qui ? dit-il en sortant du bureau. Je ne t'ai pas envoyé de carte, moi.

— Elle n'est pas signée. Mais c'est... c'est *horrible*, dit-elle en lui tendant la carte. Tiens, lis.

Steve la lui prit des mains et l'examina gravement. Il y avait un gros cœur rouge dessus.

A l'intérieur, les mots déjà imprimés avaient été barrés au marqueur noir. En dessous, un petit poème était écrit à l'encre bleue. Steve le lut à voix haute :

De ton cœur, enfin,
J'ouvrirai la porte.
A la Saint-Valentin,
Josie sera morte.

Steve continua à fixer la carte pendant un moment, en relisant silencieusement le poème. Puis il la referma lentement et leva les yeux vers Josie en souriant.

— Ça rime pas mal, hein ?

— Quoi ? Mais t'es pas bien ! Tu ne peux donc rien prendre au sérieux, Steve ?

— Attends... Tu ne crois quand même pas que ce truc est sérieux, non ? C'est trop tarte.

Josie lui retira la carte des mains et relut attentivement les quatre vers écrits à la main.

— Je ne sais pas comment prendre ça, dit-elle. C'est vrai que c'est gnan-gnan, au début en tout cas, mais à la fin c'est quand même une menace, non ?

— Je te dis que ce n'est pas sérieux, fit Steve en posant une main sur son épaule. Il y a quelqu'un dans le coin qui doit se trouver très malin ; il a voulu te faire une blague, c'est tout.

— Une blague ? Non mais explique-moi ce qu'il y a de drôle là-dedans !

— J'en sais rien, ça ne me fait pas plus rire que toi, dit-il en prenant l'enveloppe sur la petite table. Il n'y a pas l'adresse de l'expéditeur, évidemment. Bon, qui a pu t'envoyer ça ?

— Je n'en ai pas la moindre idée. Jenkman, peut-être.
— Jenkman ?
— Ouais. Sûrement. Tu le connais, c'est un vrai crétin. Il continue à m'appeler, tu sais, il me harcèle du matin au soir. Il n'arrive pas à croire que je l'ai vraiment laissé tomber. Il s'imagine que je peux pas me passer de lui, je suppose.
— Et tu crois qu'il aurait pu t'envoyer un truc pareil ?
— Si tu voyais comme il me regarde à l'école... On dirait un chiot affamé. Il ferait pitié à un bourreau. Il me suit partout, il ne me quitte pas des yeux. Comme s'il voulait que je me sente coupable !
— Calme-toi, calme-toi.
— Comment veux-tu que je me calme ? Je l'ai quitté il y a cinq mois, c'est quand même pas hier. Et maintenant, il m'envoie ce truc débile. Il est malade ou quoi ?
— Tu sais ce que tu devrais faire ? dit Steve d'un ton grave. Tu devrais faire comme si de rien n'était.
— Hein ? Comment ça ?
— Ouais, n'en parler à personne. Faire comme si tu n'avais jamais reçu cette carte. C'est ce que je ferais, moi, à ta place.
Josie jeta la carte sur la petite table et soupira profondément.
— Tu as sûrement raison, oui. Tu sais toujours ce qu'il faut faire. Tu es plus sage que moi, Steve.
— Tout à fait. Tu savais pas qu'on m'appelait Steve le Sage ?
Elle se pencha vers lui et lui donna un rapide baiser sur la joue.
— Allez, on y va, le centre commercial ne va pas rester ouvert toute la nuit, dit-il. Et s'il te plaît, ne parlons plus de cette carte stupide.
Josie s'apprêtait à répondre, mais avant qu'elle n'ait pu prononcer un mot, elle sentit des mains agripper son cou et commencer à serrer.

3

L'amertume

Josie poussa un cri et pivota vivement.

— Oh, non ! cria-t-elle. Rachel ! Ne refais jamais ça !

Rachel éclata de rire, les mains toujours tendues vers Josie. Ses yeux verts étincelaient d'un plaisir enfantin.

— Rachel, ce n'était pas drôle du tout, déclara Josie d'une voix sévère. Arrête de rire comme ça.

Docilement, Rachel cessa de rire. Les yeux toujours fixés sur Josie, elle baissa lentement les mains et les enfonça profondément dans les poches de sa robe en velours côtelé bordeaux.

— Erica, où es-tu ? cria Josie, furieuse, en massant son cou endolori. Je croyais que tu devais surveiller Rachel !

— Salut, Rachel, dit timidement Steve.

Rachel ne répondit pas.

Erica dévala quatre à quatre l'escalier qui menait au premier, l'air anxieux. Luke Hoskins était sur ses talons.

— Ah, te voilà ! dit-elle à Rachel. Tu as réussi à nous fausser compagnie, hein ?

— Tu devais la surveiller, fit remarquer Josie d'un ton sec, en jetant un coup d'œil hostile à Luke.

Luke était un grand jeune homme dégingandé, un peu voûté, comme pour paraître plus petit. Ses cheveux étaient châtain clair, courts, et séparés par une raie sur le côté. Une paire de lunettes cerclées de métal donnait encore plus d'austérité à son visage mince. Seul détail un peu fantaisiste : un petit anneau doré à l'oreille droite.

Lorsque l'accident avait eu lieu, Rachel et lui sortaient ensemble depuis plus de deux ans. Et depuis ce jour terrible, Luke rendait des visites quotidiennes aux McClain. Il semblait toujours aussi amoureux de Rachel, aussi attentionné, même s'il n'obtenait quasiment rien en retour.

— C'est ma faute, admit-il. On était en train de discuter, Erica et moi, et on ne l'a pas vue sortir de la chambre.

— Vous êtes quand même au courant qu'il ne faut jamais la quitter des yeux, non ? Elle a failli m'étrangler.

Rachel se mit de nouveau à rire.

— Elle voulait jouer, Josie, c'est tout, hasarda Erica. Tu pourrais t'occuper un peu d'elle, toi aussi, non ? On dirait qu'elle n'existe plus pour toi.

Rachel s'empara des lettres empilées sur la petite table et les fixa d'un air perplexe.

— Repose ça, dit Erica d'une voix douce. Il n'y a pas de courrier pour toi, aujourd'hui.

Elle lui prit les lettres, les remit sur la table, et posa gentiment une main sur l'épaule de sa sœur.

— Pas de courrier pour moi ? répéta Rachel à voix basse. Alors brosse-moi les cheveux, Josie.

— Non, Rachel, intervint Erica avant que sa sœur ne puisse prononcer un mot. Je viens de te les brosser. En haut. Tu te rappelles ?

— Bon, fit Josie, Steve et moi, on va au centre commercial. Je serai revenue pour le dîner.

— Mais tu m'avais promis... commença Erica d'une voix tendue par la colère.

— Si maman rentre avant moi, dis-lui que je suis allée chercher ce patron dont elle avait besoin pour sa couture, coupa Josie en ignorant complètement les protestations de sa sœur.

— Attends deux secondes, Josie. Tu m'avais promis que tu garderais Rachel cet après-midi. Je t'ai dit qu'il fallait absolument que je révise pour mon contrôle de géo.

— Désolée ! Une autre fois.

— Ouais, tu parles ! C'est exactement ce que tu as dit la dernière fois !

— Brosse-moi les cheveux, répéta Rachel comme si elle n'entendait rien de ce qui se disait autour d'elle.

— S'il te plaît... Je viens de te les brosser. Sois gentille.

Erica regarda tendrement sa sœur pendant quelques secondes, puis elle se retourna vers Josie et son visage reprit instantanément une expression furieuse.

— C'est facile pour toi, hein ? Tu te sauves tout le temps

en me laissant toute seule avec Rachel. C'est chacune notre tour, normalement.

— T'en fais pas, va, je prendrai mon tour, promit Josie avec un petit ricanement.

— Quand ?

— Brosse-moi les cheveux.

— Si tu veux, on pourrait aller au centre commercial demain, suggéra Steve à Josie.

— Qu'est-ce que tu racontes ? On y va maintenant, un point c'est tout.

Elle lui lança un regard glacial, et écarta Rachel et Erica.

— Poussez-vous de là. Je vais prendre mon manteau.

— C'est pas juste ! se plaignit Erica. Tu me la laisses sur les bras tous les jours. Je ne peux plus rien faire pour moi, Josie !

Josie pivota vivement sur elle-même, des éclairs au fond des yeux, et posa un doigt sur ses lèvres :

— Chut ! Rachel n'est pas sourde, tu sais, Erica. Fais un peu attention à ce que tu dis. Tu vas lui faire de la peine. Imagine ce qu'elle doit ressentir, en ce moment.

— Je rêve ! C'est toi qui me parles de ce qu'elle doit ressentir ? Depuis quand est-ce que tu te préoccupes de ce qu'elle peut ressentir ? Tu n'as pas passé dix minutes avec elle depuis... depuis...

— Tu dis n'importe quoi, fit Josie d'une voix tremblante.

— Non, Erica a raison, intervint Luke d'une voix calme. Tu ne fais vraiment pas grand-chose pour Rachel, Josie.

— Mais de quoi je me mêle ? Tu ne fais pas partie de la famille, que je sache !

— Je sais, mais ça ne m'empêche pas de voir ce qui se passe ici. Et je vois que...

Il fut interrompu par Muggy, qui se remit à japper. Josie se baissa pour le prendre dans ses bras.

— C'est rien, Muggy, c'est rien. T'aimes pas qu'on crie comme ça, hein, mon chien ? Allez, c'est fini.

Elle tourna un regard irrité vers Erica :

— Tu vois dans quel état tu le mets ?

— Tu es incroyable... Tu attaches plus d'importance à ce chien idiot qu'à ta propre sœur.

— C'est faux! Retire ça tout de suite! s'exclama Josie.

— Oh, regardez! s'écria Rachel en reprenant les enveloppes. Il y a du courrier pour moi?

— C'est drôle, elle a l'air fascinée par le courrier, s'étonna Steve.

— Il y a du courrier pour moi? répéta-t-elle en brandissant les lettres pour les montrer à tout le monde.

— C'est peut-être parce qu'elle ne reçoit plus rien, murmura tristement Erica.

Rachel ouvrit doucement la main et laissa tomber toutes les lettres par terre. Erica s'agenouilla pour les ramasser. Elle se figea en apercevant la carte de la Saint-Valentin.

— Qu'est-ce que c'est que ça? demanda-t-elle à Josie. Tu reçois ça cinq jours avant la Saint-Valentin? Il ne risque pas d'être en retard, celui-là.

— Lis-la. Tu pourras peut-être m'aider à trouver qui l'a envoyée.

— Hein?

Interloquée, Erica ouvrit la carte et lut le poème à voix haute :

De ton cœur, enfin,
J'ouvrirai la porte.
A la Saint-Valentin,
Josie sera morte.

Elle releva les yeux vers Josie, encore plus stupéfaite. A cet instant, à la surprise générale, Rachel partit d'un grand éclat de rire, comme si elle venait d'entendre la meilleure blague de l'année. Elle riait de si bon cœur qu'elle faillit même s'en étouffer.

— Rachel, ce n'est pas drôle, dit Erica d'une voix douce, en se redressant sans détacher son regard de la carte.

Rachel se tut aussitôt, puisqu'on le lui demandait, mais ses yeux trahissaient encore son hilarité. Elle se mordait les lèvres, mais au bout de quelques secondes, elle ne put s'empêcher de se remettre à glousser, en plaquant sa main sur sa bouche comme une petite fille.

— C'est carrément horrible, ce truc-là, dit Erica à Josie.
— Je te le fais pas dire.
— Qui a pu t'envoyer cette saleté ?
— Si je le savais. Un de mes admirateurs, sans doute.
Elle alla chercher son manteau dans le placard, y prit aussi le blouson de Steve et le lui lança.
— Allez, on y va, annonça-t-elle en évitant de croiser le regard d'Erica.
Mais celle-ci ne prêtait plus attention à sa sœur. Elle relut rapidement la carte, dodelina légèrement de la tête et leva les yeux vers Josie :
— Je ne peux pas le croire, dit-elle.
— A plus tard, fit Josie en posant son manteau sur ses épaules.
Steve la suivit dans le couloir et, un instant plus tard, la porte d'entrée se referma derrière eux.
— Brosse-moi les cheveux, insista Rachel, un sourire indéchiffrable aux lèvres ; un sourire sinistre, un sourire fantôme. Brosse-moi les cheveux.
Elle était si jolie, pâle et fragile dans la faible lumière du couloir, qu'Erica en avait presque les larmes aux yeux. Elle avait vraiment l'air d'un ange. Avec tant d'innocence et de douceur dans ses grands yeux verts, et tant de douleur dans ce sourire vide...
Erica ne put réprimer un sanglot et détourna vite la tête pour que sa sœur ne la voie pas.
Non, se sermonna-t-elle. Je me suis juré de ne plus pleurer. Plus jamais.
— Tu me brosses les cheveux ? demanda Rachel comme si cette idée venait brusquement de lui traverser l'esprit.
— D'accord. Attends, je vais reposer ces lettres et on va monter dans ta chambre.
— Josie me dégoûte, grommela Luke.
Erica sursauta, elle avait presque oublié sa présence. Il avança vers elle dans la demi-obscurité du couloir. Elle fut surprise par l'expression d'amertume et de colère qu'elle lut sur son visage habituellement si bienveillant.
— Ça me sidère complètement, dit-il en écarquillant les

yeux derrière ses petites lunettes rondes. Tu crois que ça la tuerait de t'aider un peu ?

Erica hocha doucement la tête, l'air fataliste, et prit sa sœur par la main.

— Ce serait quand même la moindre des choses, continua Luke. Après tout, c'est elle qui est *responsable* de l'accident de Rachel.

Erica s'arrêta sur la première marche de l'escalier, déconcertée par les paroles de Luke. Elle ne l'avait encore jamais entendu parler comme ça. Avec tant de colère. Une colère froide, presque effrayante.

A cet instant, Rachel éclata de rire une nouvelle fois, de manière tout aussi inattendue, en montrant Luke du doigt.

— Tu as l'air drôle ! lui dit-elle.

Luke se força à sourire pour ne pas la contrarier, mais visiblement il bouillonnait intérieurement.

— Pourquoi tu dis que c'était la faute de Josie ?

— Parce que c'est vrai. C'est bien Josie qui a fixé la selle de Rachel. Elle a fait ça n'importe comment. Ça aurait très bien pu la tuer. Il s'en est fallu de peu. Et maintenant, on dirait que Josie s'en fout complètement.

Erica resta silencieuse, trop abasourdie par les propos de Luke pour pouvoir y répondre. Elle était loin de se douter qu'il en voulait à ce point à sa sœur.

Et soudain, elle se rendit compte qu'il détestait Josie.

A cause de cet accident, il avait « perdu » Rachel.

Mais alors, pourquoi continuait-il à venir si régulièrement ? Pourquoi ne s'était-il pas trouvé une autre copine ? Pourquoi passait-il tant de temps à s'occuper de Rachel, puisqu'elle n'était plus la même ? Erica ne savait que penser.

Elle avait remarqué que Rachel semblait parfois heureuse de le voir. Mais c'était rare. La plupart du temps, elle ne paraissait même pas se souvenir de lui.

Erica conduisit sa sœur jusqu'à sa chambre, dont les volets étaient fermés, et appuya sur l'interrupteur. Comme elle le faisait toujours, Rachel alla s'asseoir au bord du grand lit et posa ses mains pâles sur le couvre-lit sombre.

Elle ferma les yeux et attendit patiemment qu'Erica commence à coiffer ses longs cheveux soyeux.

Sans un mot, Luke s'assit sur la chaise métallique du bureau de Rachel et croisa les bras.

Que vient-il faire ici ? se demandait Erica en prenant la brosse à cheveux sur la commode. S'il éprouve tant de colère et d'amertume, pourquoi revient-il ?

Brusquement, en croisant son regard noir, Erica fut saisie d'une pensée qui lui glaça le sang. Il persistait à venir pour préparer sa vengeance contre Josie. Oui. C'était probablement Luke qui avait envoyé la carte de la Saint-Valentin.

4

Un choc sous la neige

— Est-ce qu'un jour il va s'arrêter de neiger ? se demanda Josie à voix haute.

C'était un mercredi après-midi. La neige tombait sans discontinuer depuis l'aube, un vent fort et glacé faisait tourbillonner les flocons dans les rues.

Josie balança son petit sac à dos sur son épaule, remonta la fermeture Éclair de son blouson et sortit du grand bâtiment de l'école. Le ciel était gris sombre, presque noir, bien qu'il fût à peine trois heures de l'après-midi.

L'allée qui menait à la grille n'avait pas été déblayée, et les bottes de Josie s'enfonçaient profondément dans la neige. Elle franchit le grand portail et s'engagea sur Park Drive. Une violente bourrasque l'obligea à fermer les yeux pour se protéger des flocons qui lui fouettaient le visage.

Elle enroula son écharpe autour de son cou et la remonta sur sa bouche.

— Eh, Josie ! Attends-moi !

Reconnaissant la voix de sa sœur, Josie se retourna. Elle

vit Erica courir prudemment vers elle sur le trottoir glissant. Son grand manteau déboutonné flottait derrière elle.

Elle ressemble à un gros oiseau empoté qui n'arrive pas à s'envoler, pensa méchamment Josie. Erica n'est pas aussi jolie que Rachel et moi, se dit-elle avec un soupçon de compassion. Elle a le visage trop rond. Ses pauvres cheveux châtains sont ternes. Et puis elle aurait bien besoin de perdre quelques kilos.

— Josie, où est-ce que tu vas ? s'écria Erica en arrivant près d'elle, à bout de souffle.

— Qu'est-ce qui te prend ? Pas la peine de hurler comme une dingue. Je vais voir Steve.

— Quoi ? Ah non !

— Mais si, répliqua calmement Josie en jetant un coup d'œil au bout de la rue, où plusieurs gamins de Shadyside High bloquaient la circulation en se livrant à une bataille de boules de neige. J'ai rendez-vous avec lui au Corner.

D'un geste vague, elle indiqua la direction de son bar préféré.

— Mais non, c'est pas possible !

Elle s'apprêtait à plaider farouchement sa cause, mais quelqu'un attira soudain son attention dans le dos de Josie.

— Voilà Jenkman, fit-elle en baissant la voix. Ne te retourne pas. Il est devant l'autre sortie, il essaie d'attirer ton attention.

— Et alors, qu'est-ce que ça peut me faire ?

— Ça y est, il sort, il vient vers nous. Il nous fait des signes.

— Ô mon Dieu ! quel drame ! fit Josie d'une voix moqueuse.

— Salut, Josie ! lança Jenkman.

Josie fit comme si elle n'avait rien entendu.

— Alors, Josie, comment ça va ? ajouta-t-il en s'approchant.

Elle continua à l'ignorer complètement. Erica vit un éclair de dépit passer dans le regard de Jenkman.

— Eh, Josie, je vais pas te manger, je veux juste discuter un peu ! déclara-t-il en se plantant devant elle.

Sans même lui accorder un regard, elle lui tourna le dos.

Cette fois, Jenkman devint carrément écarlate. Il lâcha un juron entre ses dents et s'éloigna d'elles en secouant rageusement la tête.

— Eh ben ! fit Erica en le suivant des yeux. Il n'a pas l'air très content, hein.

— C'est un crétin. Bon, qu'est-ce que tu veux ? Je suis en retard.

— C'est à toi de t'occuper de Rachel cet après-midi, annonça Erica en attrapant sa sœur par la manche. Je dois répéter *Brigadoon*. Tu sais, pour le club de théâtre.

— Eh ben tu répéteras une autre fois, qu'est-ce que tu veux que je te dise ?

Josie essaya de repousser sa sœur, mais celle-ci la retint fermement.

— Cette fois, tu ne m'auras pas, s'écria Erica, furieuse.

Une brusque rafale de vent fit tournoyer la neige autour d'elles. Josie ferma les yeux.

Fous-moi la paix, pensa-t-elle. S'il te plaît. Fous-moi la paix, Erica, j'ai autre chose à faire.

— C'est toi qui es censée prendre soin de Rachel quand elle rentre de son école, protesta Erica. Tu crois que je peux lui consacrer cent pour cent de mon temps ?

— Écoute, tu me saoules avec ça, riposta Josie. Je m'occuperai d'elle demain. Je te le promets.

— Non. Aujourd'hui ! Je ne veux pas manquer les répétitions. C'est pas juste, Josie ! C'est ma première année au lycée. Ça devrait être une année extraordinaire, pour moi. Et au lieu de ça...

— Demain. Je ne peux quand même pas poser un lapin à Steve, non ?

— Si. T'as qu'à appeler ton bar et leur laisser un message pour lui.

— Oui mais j'ai pas envie, figure-toi.

Sa voix s'était faite dure et méprisante. Elle se dégagea brutalement et s'éloigna en courant presque. Erica la rattrapa en quelques foulées.

— Tu es odieuse, Josie ! Je ne peux pas croire que tu

t'intéresses si peu à Rachel. Après tout, si elle est dans cet état-là, c'est ta faute...

Erica se mordit les lèvres et leva les mains à hauteur de visage, comme pour se cacher.

Elle venait de se rendre compte qu'elle était allée trop loin.

Sous le regard ahuri de sa sœur, elle se sentit rougir comme une petite fille qui vient de faire une bêtise. Elle n'aurait jamais dû dire une chose pareille. Elle baissa lentement les mains. A présent, Josie la fusillait du regard.

— Je... je suis désolée, bafouilla Erica. Ce n'est pas ce que je voulais dire...

Soudain, alors qu'elle attendait une réplique bien sentie, elle entendit un bruit sec et sourd. Josie poussa un gémissement de douleur. Sous le regard horrifié d'Erica, elle entrouvrit la bouche, écarquilla les yeux et s'effondra lourdement dans la neige.

5

La colère

Erica resta pétrifiée. Le monde autour d'elle semblait être devenu vide et blanc. Quand elle put percevoir de nouveau les couleurs, elle se pencha sur Josie.

— Ça va, grommela celle-ci en tendant une main gantée vers sa sœur. Aide-moi à me lever.

A ce moment, Erica entendit un éclat de rire sonore. En tournant la tête, elle aperçut Dave Kinley, une boule de neige à la main. Melissa Davis était à côté de lui, visiblement gênée. D'autres jeunes, dispersés sur la pelouse du lycée et dans la rue, se bombardaient copieusement.

— J'ai pris une boule de neige derrière la tête, expliqua Josie en se remettant sur pied. J'ai eu tellement peur que je suis tombée. C'est rien.

Elle brossa énergiquement son blouson et son jean couverts de neige, puis se retourna vers Dave.

— T'es pas drôle, Kinley ! lança-t-elle d'une voix furieuse.

Dave haussa les épaules, un grand sourire aux lèvres.

— Désolé, Josie. La boule m'a glissé des mains ! ricana-t-il.

Josie faillit répondre, mais se ravisa. Elle tourna le dos à Dave, agacée, et rajusta son écharpe autour de son cou.

— J'y vais, marmonna-t-elle à l'intention d'Erica en remontant la bretelle de son sac à dos. Je n'ai pas de temps à perdre avec cet abruti.

— Hé, attends ! s'écria Erica en dérapant sur la neige.

A cet instant, elle aperçut Jenkman à quelque distance. Il était appuyé contre un arbre, à moitié caché par le tronc couvert de glace et de neige. Il était en train d'épier Josie. Il la regardait fixement, une étrange lueur au fond des yeux.

— Hé, Josie ! Arrête-toi ! Attends !

Lorsque Erica regarda de nouveau par-dessus son épaule, Jenkman avait disparu.

— Je resterai avec Rachel demain ! cria Josie en se retournant mais sans s'arrêter. Je suis en retard.

— Mais... Ma répétition !

Ne sachant plus comment retenir sa sœur, elle poussa un cri d'exaspération, mais Josie fit la sourde oreille et poursuivit son chemin.

Les larmes aux yeux, Erica regarda sa sœur s'éloigner. Elle se sentait impuissante et désespérée. En traînant les pieds, elle prit le chemin de la maison.

— Qu'est-ce qui t'a pris, Dave ? demanda Melissa quand Josie et Erica eurent disparu.

— Hein ? Quoi ?

Il lui adressa un grand sourire innocent. Ses yeux noirs étincelaient. Avec sa tignasse qui lui tombait presque sur les épaules, ses petits yeux ronds et son nez tordu, Dave n'était pas exactement ce qu'on appelle un beau garçon. Mais son aisance naturelle, sa joie de vivre, son sourire chaleureux et son sens de l'humour le rendaient très séduisant. Melissa et lui sortaient ensemble depuis maintenant presque six mois.

— Pourquoi as-tu jeté cette boule de neige sur Josie ?

— Parce qu'elle était là, c'est tout.

— Non, sérieusement, insista Melissa en donnant un petit coup de botte dans la neige.

— J'en sais rien.

Dave essaya tant bien que mal de remonter la fermeture Éclair de son bomber de cuir marron. Avec ses gros gants, ce n'était pas vraiment évident.

— Je la déteste, lâcha-t-il finalement. Ce n'est pas plus compliqué que ça.

— Si tu crois que je vais avaler ça, fit Melissa avec un rire faux. Moi, je crois que tu l'aimes encore.

Elle le défia du regard.

— Tu rigoles ! riposta-t-il.

— Je crois que tu penses toujours à elle. Et tu lui as lancé cette boule de neige pour attirer son attention.

— N'importe quoi, grommela Dave en détournant les yeux.

— Reconnais-le, au moins. Elle te plaît toujours.

— Mais pas du tout ! s'écria-t-il nerveusement. Après tout ce qu'elle m'a fait ? Je suis quand même le premier à l'avoir laissée tomber. Et depuis, j'ai vraiment tiré un trait sur elle, tu peux me croire.

— Quoi ? *Tu* l'as laissée tomber ? s'exclama Melissa. Ce n'est pas ce qu'elle dit, tu sais. Elle raconte à tout le monde que c'est *elle* qui t'a laissé tomber.

— Qu'elle raconte ce qu'elle veut, j'en ai rien à faire, s'emporta-t-il. C'était il y a des mois, de toute façon. Mais toi, pourquoi tu continues à t'accrocher à elle comme ça ? Elle t'a jetée aussi, non ?

Sans vraiment le savoir, Dave venait de toucher un point sensible. Melissa sentit une vague de tristesse la submerger. Dave se baissa pour ramasser une autre poignée de neige fraîche.

— C'était ta meilleure amie, continua-t-il. Et pourtant, elle t'a jetée, comme les autres.

— Tu as raison, reconnut-elle. Allez, on oublie Josie.

— Sans problème, dit-il d'une voix plus douce.

Il façonna sa boule de neige et la lança de toutes ses forces sur l'arbre le plus proche.

— Je ne lui pardonnerai jamais, déclara Melissa. Je ne pardonnerai jamais à Josie de m'en avoir voulu pour l'accident de Rachel. Elle sait très bien que je n'y suis pour rien, je ne comprends pas pourquoi elle m'a mis ça sur le dos.

Malgré tous ses efforts, elle ne parvenait pas à rayer Josie de ses pensées.

— C'est tellement injuste, poursuivit-elle en regardant Dave former une nouvelle boule. Josie se comporte comme si elle n'avait absolument rien à voir avec cette histoire. C'est pourtant bien elle qui a fixé la sangle de la selle. Pas moi. Elle m'a simplement demandé de lui dire si ça allait et...

— Calme-toi. Si tu recommences à réfléchir à tout ça, tu ne vas pas en sortir.

Il tenta une nouvelle fois d'atteindre l'arbre avec sa boule, mais le manqua.

— D'après Luke Hoskins, continua Melissa sans tenir compte du conseil de Dave, Josie est devenue carrément méchante avec Rachel. Elle ne s'occupe pas du tout d'elle, et refuse de lui consacrer ne serait-ce qu'un peu de son temps. Comme si elle n'existait plus.

— Luke va toujours chez elles ? s'étonna Dave en frottant ses gants l'un contre l'autre pour en ôter la neige.

— Ouais. Le pauvre. Il est vraiment dans un drôle d'état, tu sais. Il n'arrive pas à croire que Rachel ne sera plus jamais comme avant. Remarque, c'est peut-être lui qui a raison... Je l'ai croisé hier, après l'école. C'est là qu'il m'a parlé de Josie.

— Je devrais former un club avec Luke, tiens, fit Dave en soupirant amèrement. Un club anti-Josie. On aurait pas mal de trucs à raconter sur elle, tous les deux. Tu te rappelles ce qui s'est passé à Noël, quand le père de Josie était sur le point de me donner du boulot dans l'une de ses quincailleries ? Quelques jours avant les vacances, il m'a appelé pour me dire qu'il ne me prenait plus. Comme ça, sans explications, alors qu'une semaine plus tôt, c'était d'accord. Du coup, je n'ai pas eu le temps de trouver autre chose. Et pourtant, j'avais vraiment besoin d'argent. Je suis persuadé que Josie a réussi à convaincre son père de ne pas m'embaucher.

Dave était rouge de colère. Il lança de toutes ses forces une boule de neige contre un camion qui passait. Elle le percuta de plein fouet, et le conducteur klaxonna, furieux.

— On a déjà parlé de ça un million de fois, dit Melissa en fronçant les sourcils. T'es complètement parano, je t'assure. Ce n'est pas Josie qui t'a fait rater ce job. Elle n'avait aucune raison de faire un truc pareil.

Dave était sur le point de lui répondre, mais elle l'en empêcha, troublée par la colère qu'elle sentait monter en lui, et conclut :

— On ne parle plus de Josie, d'accord ?

Elle se baissa vivement pour faire à son tour une boule de neige et la lança au visage de Dave. Il poussa un cri de surprise, puis éclata de rire. Melissa n'eut pas le temps de savourer son triomphe : il plongea sur elle et la projeta au sol.

— Arrête ! cria-t-elle en riant. Pouce ! Je me rends !

Ils étaient en train de lutter dans la neige lorsqu'ils entendirent le carreau voler en éclats.

Melissa se mit à genoux et aperçut Jenkman qui observait le carreau cassé de l'une des salles de classe du deuxième étage, un petit sourire de satisfaction aux lèvres.

Soudain, une tête apparut dans le trou de la fenêtre. Melissa reconnut Mme Powers, le professeur d'espagnol.

— Qui a fait ça ? hurla Mme Powers, hors d'elle.

— C'est pas moi ! répondit Jenkman en haussant les épaules, d'un air narquois.

Il tourna les talons et s'éloigna à grands pas en gloussant. Il passa devant Melissa et Dave sans paraître les remarquer.

— A mon avis, Jenkman pourrait aussi poser sa candidature pour entrer dans ton club anti-Josie, chuchota Melissa en suivant Jenkman du regard. Il me ferait presque peur. Il est comme une bombe sur le point d'exploser.

Dave prit soudain un air songeur.

— Il n'est pas le seul, murmura-t-il d'un ton étonnamment amer.

Dès qu'elle eut refermé la porte derrière elle, Josie leva les yeux vers la vieille pendule de l'entrée. Bientôt dix-huit heures. Elle frissonna, ôta ses bottes et posa son sac à dos sur la petite table.

— Muggy ? Ah, te voilà !

Le petit terrier blanc dévala les marches en trombe. Josie le prit dans ses bras et le laissa lui lécher copieusement le visage.

— Eh, tu me chatouilles ! s'écria-t-elle en riant.

Il y avait de la lumière à l'étage. Erica et Rachel devaient être dans la chambre de Rachel, comme chaque soir. Qu'auraient-elles pu faire d'autre ?

— Maman ? Tu es là ?

Pas de réponse.

Leur mère travaillait à la compagnie du téléphone, et elle faisait fréquemment des heures supplémentaires. Quant à leur père, il était toujours sur la route, pour faire le tour des magasins de sa chaîne de quincailleries. Josie soupira, elle ne l'avait pas vu depuis quatre jours. Et avec toute cette neige, il ne pourrait certainement pas rentrer ce soir-là non plus.

Elle se frotta vigoureusement les bras, pour essayer de se réchauffer un peu. L'interphone de l'entrée grésillait. Elle entendit la voix de Rachel — elle riait.

Leurs parents avaient fait installer des interphones un peu partout dans la maison depuis que Rachel était sortie de l'hôpital. De cette façon, ils savaient tout ce qui se passait dans la chambre que leur fille ne quittait pratiquement pas de la journée, et si elle avait besoin de quoi que ce soit, ils étaient prévenus aussitôt.

Josie savait que ces interphones étaient utiles. Nécessaires, même. Mais ils lui donnaient la chair de poule. Ce grésillement permanent. Ces voix, à la fois si lointaines et si proches. Comme des voix fantômes.

Rachel est devenue un fantôme, se dit-elle en frissonnant de nouveau. C'est affreux à dire, mais c'est vrai. Ma sœur n'existe plus. Je monte la voir maintenant ? Non, peut-être plus tard.

Josie reprit son sac à dos et entra dans le bureau du rez-de-chaussée, qui servait aussi de chambre d'amis.

Ce bureau était en général plus chaud que le reste de la maison. Le vieux radiateur, qui ronronnait comme un matou paisible, dispensait une douce chaleur. D'habitude, Josie trouvait ce bruit agréable et rassurant. Mais ce jour-là, elle était d'humeur massacrante et voyait tout en noir : en écoutant ce ronflement métallique, elle avait l'impression d'entendre des os qui cliquetaient.

En essayant de ne pas y penser, elle s'installa derrière le bureau, prit son sac et commença à l'ouvrir. A cet instant, Luke entra dans la pièce comme une tornade, les yeux écarquillés derrière ses lunettes, le visage rouge de colère.

— Tiens, salut, dit-elle calmement. Je savais pas que tu étais là.

— Eh ben si. Toi, par contre, tu n'étais pas là, fit-il d'une voix glaciale, sans chercher à dissimuler sa hargne.

— Oh, ça va...

Josie reporta son attention sur son sac. La fermeture Éclair était coincée. Elle tira dessus.

— Comment as-tu pu faire ça à Erica ? Comment as-tu pu lui faire manquer sa répétition ? Hein ? Tu sais dans quel état elle est, en ce moment ?

— Non, mais je suppose que tu vas me le dire.

Le ton sarcastique de la jeune fille ne fit qu'accroître la fureur de Luke. En levant les yeux vers lui, elle vit son visage devenir littéralement écarlate, une grosse veine battait sur sa tempe.

— Et quand tu rentres à la maison, tu ne te donnes même pas la peine de monter ? gronda-t-il en plissant les yeux. Tu ne te demandes pas comment vont Rachel et Erica, hein ? Tu ne penses qu'à toi, Josie...

Il voulait en dire plus, mais les mots restèrent coincés dans sa gorge.

— Écoute, Luke...

— Non, je n'écoute pas ! Cette répétition était très importante pour Erica. Tu sais très bien que ce n'est pas une année comme les autres, pour elle. Mais à cause de toi, elle est en train de tout rater !

— Bon, je suis désolée. O.K. ? Mais ça va comme ça, les leçons de morale. Pour qui tu te prends, Luke ? Tu n'es pas mon père, que je sache. Alors mêle-toi de ce qui te regarde. Tu n'as pas à fourrer ton nez dans nos affaires. Tu n'es pas chez toi, ici.

Luke fit quelques pas vers elle, les poings serrés. Il foudroya Josie du regard, trop furieux pour prononcer le moindre mot.

Ras le bol, se dit Josie, qui sentait à son tour la colère monter. Je ne vais pas me laisser sermonner par ce petit morveux.

— Qu'est-ce que ça peut te foutre, de toute façon ? s'écria-t-elle, incapable de se contrôler plus longtemps. C'est quoi, ton problème ?

Elle attrapa rageusement son sac à dos et en donna un coup violent sur le bureau. Un coupe-papier en argent tomba sur le tapis.

— Mon problème ? murmura Luke, qui semblait paralysé par sa propre fureur.

— Pourquoi tu passes ton temps à traîner ici ? Tu n'as rien de mieux à faire ? Tu ne peux pas nous foutre un peu la paix ? Tu ne peux pas aller vivre ta vie ailleurs, non, espèce de parasite ?

En voyant l'expression stupéfaite de Luke, Josie comprit qu'elle venait de dépasser les bornes. Visiblement choqué, il fit encore un pas vers elle, les mâchoires serrées, l'air menaçant.

— Holà, holà, calme-toi, fit-elle en levant une main vaguement apaisante. On va se calmer tous les deux, d'accord ?

Mais elle se rendit aussitôt compte qu'il était trop tard.

Luke paraissait tellement hors de lui qu'il n'était plus en mesure de faire marche arrière.

— Tu as foutu la vie de Rachel en l'air ! Et maintenant tu essaies de détruire aussi celle d'Erica ! Tu ne penses qu'à toi ! Tu es un monstre d'égoïsme, Josie !

— Je n'ai détruit la vie de personne ! cria-t-elle. Tu délires ! Tu sais ce que c'est, ton problème, Luke ? C'est très simple. Tu es un lâche, c'est tout. Tu viens ici tous les jours, tu joues les bons garçons, tu prends tes airs supérieurs, tu voudrais qu'on te considère comme un héros. Mais en fait, tu te caches, c'est tout. Tu te caches derrière Rachel parce que tu es un lâche et que tu as la trouille d'affronter la réalité, la vraie vie !

Les mots étaient sortis en rafale, comme les balles d'un revolver. Quand elle eut fini, elle était haletante, les yeux exorbités, les mains agrippées au rebord du bureau.

En une seconde, Luke fut sur elle. Il l'empoigna d'une main, avec une force insoupçonnable, et se baissa vivement pour ramasser le coupe-papier tombé sur le tapis.

— Luke, ne fais pas ça ! hurla Josie. Non !

6

Tout le monde perd la tête

Dans un sursaut désespéré, Josie parvint à lui échapper et recula en trébuchant jusqu'au mur.

Le coupe-papier à la main, Luke restait pétrifié au milieu de la pièce comme s'il n'en revenait pas lui-même de ce qu'il s'apprêtait à faire. Face à lui, Josie avait levé les bras à hauteur de son visage pour se protéger.

— Luke, *arrête !*

— *Noooooonnn !* hurla-t-il.

En poussant ce cri sauvage, il fit un grand pas de côté et

planta de toutes ses forces le coupe-papier dans le bureau en acajou.

Le souffle coupé, la bouche entrouverte, le front couvert de sueur, il lâcha lentement le manche et recula de quelques pas. Pendant un long moment, il ne parvint pas à détacher ses yeux du coupe-papier, planté au centre du bureau.

— Josie, articula-t-il d'une voix rauque, effrayante. Josie. C'était moins une.

Il fit un nouveau pas en arrière, en s'efforçant de reprendre sa respiration, les pupilles dilatées, la stupeur peinte sur son visage.

— Il faut que je sorte d'ici, murmura-t-il d'une voix tremblante, plus pour lui-même que pour Josie.

Il pivota et quitta le bureau en courant, se cognant violemment l'épaule au passage contre le chambranle. Josie resta adossée au mur, terrorisée, les yeux fixés sur le coupe-papier, jusqu'à ce qu'elle entende la porte d'entrée claquer. Elle poussa alors un profond soupir et se dirigea vers le bureau.

— Eh ben...

Elle secoua lentement la tête et toussota — elle avait la gorge sèche et serrée comme si elle venait de traverser le désert. A ce moment, l'interphone fixé au mur se mit à grésiller.

— Josie ? fit la voix d'Erica. Tu es là, Josie, tu es rentrée ?

— Ouais, je suis là, répondit-elle en tirant d'un coup sec sur le manche du coupe-papier.

— Tu es en retard...

Encore des reproches et des sermons en perspective, se dit Josie en levant les yeux au plafond. Elle réussit à extraire le coupe-papier au deuxième essai. Elle l'observa un moment d'un air songeur, puis posa quelques livres sur le trou pour le cacher.

— Tu peux monter, s'il te plaît ? demanda Erica. Rachel veut te voir.

— Tout à l'heure.

Josie fut obligée de s'asseoir, elle tremblait de la tête aux pieds. Elle avait besoin de réfléchir. L'accès de fureur de Luke l'avait bouleversée.

Il ne se maîtrise plus du tout, songea-t-elle. Comme s'il était possédé par un démon. De toute sa vie, elle n'avait encore jamais vu quelqu'un perdre à ce point le contrôle de lui-même.

— Rachel aimerait vraiment que tu montes la voir, insista Erica.

Dans le petit haut-parleur, sa voix semblait grêle et métallique.

— Dis-lui que je monterai dès que je pourrai, répliqua Josie d'une voix irritée.

Sans ajouter un mot, Erica coupa la liaison avec le bureau.

Tout le monde devient fou, se dit Josie. Ils sont tous en train de perdre la boule, et c'est contre moi qu'ils se retournent.

Mais qu'est-ce que j'ai fait?

Rien. Je n'ai rien fait du tout.

Je veux juste qu'on me laisse tranquille. Et ça les rend fous furieux. Je n'y comprends rien.

Toujours agitée de tremblements nerveux, elle se dirigea vers le divan. En passant devant la porte, quelque chose attira son attention sur la petite table de l'entrée. Le courrier du jour.

Elle s'arrêta à mi-chemin, hésita une seconde, avant d'aller le chercher. Comme guidée par une sinistre intuition, elle fouilla impatiemment parmi les prospectus, les factures et les magazines, et finit par tomber sur une enveloppe carrée qui lui était adressée.

Une autre carte de la Saint-Valentin.

Le souffle coupé, la gorge nouée, elle se remit à trembler de plus belle.

D'un geste fébrile, elle déchira l'enveloppe.

Cette deuxième carte avait la forme d'un cœur. Un gros cœur rose bonbon. Au centre, en lettres fantaisie, on pouvait lire : *Salut mon cœur, tu te souviens de moi ?*

— C'est pas vrai... grogna Josie.

Elle ouvrit lentement la carte. Comme sur la précédente, le petit message traditionnel avait été barré et remplacé par un nouveau poème écrit à l'encre rouge.

Pour cette Saint-Valentin,
Les seules fleurs que je t'offrirai,
C'est sur ta tombe, dimanche matin,
Que je les poserai.

Josie jeta la carte sur la table, retourna dans le bureau et leva les yeux sur le calendrier fixé au mur.

La Saint-Valentin, c'était samedi. Dans trois jours.

Ça ne peut être qu'une plaisanterie, se rassura-t-elle, en respirant profondément pour essayer de se calmer.

Personne n'a *réellement* l'intention de me tuer. Ce n'est pas possible.

Si ?

7

« Je déteste Josie ! »

Le grésillement de l'interphone réveilla Josie.

Elle soupira et jeta un coup d'œil agacé à son radioréveil. Il était minuit et demi.

Elle enfonça profondément son visage dans son oreiller et referma les yeux. Mais le petit haut-parleur continuait à émettre des crachotements insupportables.

Est-ce qu'ils avaient vraiment besoin d'installer ces saletés d'interphones dans toutes les pièces ?

— Josie, s'il te plaît, viens voir.

Rachel parlait d'une voix aiguë et tendue, comme si elle était effrayée. En grommelant, Josie repoussa ses couvertures d'un coup de pied furieux et s'assit dans son lit.

— Josie, viens dans ma chambre, fit Rachel d'un ton suppliant.

— Pourquoi moi ? grogna Josie à voix haute.

Elle ne peut donc pas dormir, à l'heure qu'il est ? se demanda-t-elle. Et puis je ne suis quand même pas toute seule dans cette maison ! Pourquoi faut-il que ce soit moi qu'elle appelle ? On dirait qu'elle le fait exprès.

— Josie ?

Cette fois, Rachel avait l'air complètement terrorisée. Josie n'avait pas vraiment le choix.

— D'accord, d'accord, ronchonna-t-elle. J'arrive.

Elle posa les pieds sur la descente de lit et se leva péniblement. Il faisait froid dans la chambre. Le radiateur était parfaitement silencieux. Fonctionnait-il encore ? Un vent violent faisait vibrer la vieille fenêtre.

— Josie ? Tu viens ? geignit Rachel.

Josie entendait à peine la voix de sa sœur dans le grésillement du haut-parleur. Elle traversa sa chambre à tâtons et s'engagea dans le couloir. Les lattes du parquet craquaient d'une manière sinistre.

Je déteste cette vieille maison pourrie, se dit-elle. Je déteste tous ces horribles bruits qu'elle fait. Cette maison grogne comme si elle était vivante.

Josie frissonna, soudain prise de peur.

A l'école, depuis toujours, on racontait des choses effrayantes sur Fear Street... Des histoires de fantômes, d'esprits malfaisants. Des histoires de meurtres et de disparitions inexpliquées.

La plupart n'étaient sans doute que des rumeurs, des légendes ridicules. Mais pas toutes. Il s'était effectivement passé des choses très étranges dans cette rue, d'après ce qu'elle savait.

En tout cas, songea-t-elle amèrement, Fear Street ne nous a certainement pas porté bonheur, à nous.

La chambre de Rachel se trouvait à l'autre bout du couloir. Pour se guider, Josie laissait traîner une main le long du mur en avançant prudemment dans le noir. Les craquements du parquet lui semblaient de plus en plus lugubres. Le mur lui paraissait froid. Étrangement froid.

Un courant d'air glacé plaqua sa chemise de nuit contre elle.

D'où pouvait-il bien venir? Il n'y avait pourtant pas de fenêtres, dans le couloir.

Le souffle glacé d'un fantôme. Elle entendit ces mots résonner dans son esprit comme si quelqu'un d'autre les avait prononcés. Elle frissonna de nouveau, en essayant de chasser cette affreuse pensée.

Sous ses pieds nus, le parquet était glacial. Elle accéléra le pas. La maison grognait et soupirait autour d'elle, comme si elle voulait l'avertir d'un danger.

La chambre de Rachel était sombre et silencieuse. La porte était entrouverte.

Josie la poussa doucement et se glissa à l'intérieur, en respirant de plus en plus difficilement. Elle se sentait oppressée. Ça ne lui était pas arrivé depuis longtemps mais elle fut obligée de le reconnaître : elle avait peur.

— Rachel? chuchota-t-elle.

Pas de réponse.

La chambre était plongée dans une telle obscurité qu'elle pouvait à peine deviner les contours du lit.

— Rachel? Tu m'as appelée? hasarda-t-elle d'une voix tremblante, malgré ses efforts pour rester calme.

Pas de réponse.

Josie fit quelques pas prudents vers le lit, les mains tendues en avant par réflexe. Lentement. Encore un peu plus près.

— Aïe!

Elle venait de s'écraser un orteil contre le pied du lit et grimaça de douleur.

— Rachel?

Josie pouvait maintenant entendre la respiration de sa jumelle. Faible et régulière.

Elle plissa les yeux. Elle commençait à s'habituer à la pénombre. Rachel était sur le lit.

Elle dormait, couchée sur le côté. La tête posée sur l'oreiller, ses longs cheveux formant comme une auréole sombre autour de son visage. Elle souriait dans son sommeil.

— Rachel ? C'est toi qui m'as appelée ? répéta Josie.

Rachel ne remua pas un cil.

Que se passe-t-il ? se demanda Josie, de plus en plus nerveuse. Elle m'a appelée et s'est rendormie juste après ? J'ai peut-être tout simplement rêvé qu'elle me parlait par l'interphone. Ce serait bizarre, mais...

Elle serra ses bras autour d'elle, et jeta un dernier regard vers sa sœur. Rachel avait l'air si sereine. Si heureuse. Si *normale*.

Elle ne s'attarda pas et sortit sur la pointe des pieds. Dans le couloir, en retournant vers sa chambre, elle dut se raisonner pour ne pas courir. Elle retint son souffle jusqu'à ce qu'elle eût refermé la porte derrière elle.

Elle se glissa dans son lit, remonta les draps et les couvertures jusqu'à son menton et ferma les yeux.

Il *faut* que je me rendorme, pensa-t-elle. J'ai deux contrôles demain.

Son cœur battait la chamade. Elle ouvrit les yeux et fixa le plafond. Le petit lustre accroché juste au-dessus de son lit semblait se rapprocher d'elle, lentement, irrésistiblement, comme pour l'attraper.

Mais où tu vas chercher tout ça, ma pauvre fille ? se dit-elle en secouant la tête. Calme-toi, ma vieille !

Mais pourquoi cette chambre ne se réchauffe-t-elle pas ? Le radiateur fonctionne, pourtant. Et il fait un froid de canard. Qu'est-ce qu'il se passe ? Si au moins je réussissais à me rendormir !

Quelques instants plus tard, juste au moment où elle commençait enfin à s'assoupir, l'interphone se remit à grésiller. Josie sursauta et s'assit dans son lit.

— Josie, viens, s'il te plaît.

La petite voix de Rachel était à peine audible. Cette fois, Josie était bien certaine de ne pas rêver. Et pourtant, tout ceci semblait n'avoir aucun sens. Elle devenait dingue ou quoi ?

— Mais qu'est-ce qu'il se passe ? s'écria-t-elle.

— Josie. S'il te plaît. Vite.

Rachel avait vraiment une drôle de voix. Une voix paniquée, vibrante. Comme si elle se sentait en grand danger. Sans chercher à en savoir plus, Josie bondit hors de sa chambre et traversa le couloir au pas de course.

— Rachel ? Qu'est-ce qu'il y a ?

Elle hésitait, debout dans l'embrasure de la porte, le cœur battant, les jambes tremblantes. Elle n'osait plus rentrer.

— Rachel ?

Pas de réponse.

— Rachel ? Pourquoi m'as-tu appelée ?

Silence.

Surmontant sa peur, elle avança vers le lit. Rachel n'avait pas bougé d'un centimètre. A sa respiration, il était évident qu'elle dormait toujours. Elle avait le même petit sourire aux lèvres que quelques minutes auparavant.

Josie se pencha au-dessus de sa jumelle.

— Rachel ? murmura-t-elle. Si tu me fais une blague, c'est pas très drôle, tu sais.

Mais Rachel ne bougeait pas. Josie resta un long moment à la fixer en silence, guettant un frémissement de paupière, un mouvement des lèvres, quelque chose qui prouverait que sa sœur faisait simplement semblant de dormir pour s'amuser.

Mais non. Rachel dormait pour de bon, ça ne faisait aucun doute.

Qu'est-ce qu'il se passe ? se demanda Josie en tournant les talons. *Qu'est-ce qu'il se passe ?*

Elle ne savait plus que penser.

Tout cela n'avait rien à voir avec un rêve, elle ne pouvait même plus se raccrocher à ça. La petite voix suppliante qu'elle avait entendue dans l'interphone était bien réelle. C'était la voix de Rachel, elle en était sûre. Mais comment était-ce possible ? Elle ne pouvait pas dormir à poings fermés cinq secondes plus tard !

Rachel parlait-elle dans son sommeil ? Évidemment, c'était possible mais... Non, ça ne lui était encore jamais arrivé.

Rachel lui faisait-elle une méchante blague ? Ça ne lui était jamais arrivé non plus. Et même si elle n'était plus du tout la même depuis l'accident, ça ne lui ressemblait vraiment pas.

Mais alors que se passait-il ?

Déboussolée, affolée, incapable de réfléchir, Josie pensa un instant à réveiller sa mère au rez-de-chaussée. Mais elle se ravisa au dernier moment. Mme McClain dormait comme un loir, et il était presque impossible de la réveiller. Elle grommelait, elle bougonnait, et se rendormait aussitôt. De toute façon, elle devait se lever très tôt le lendemain matin pour aller travailler. Josie décida donc de ne pas la déranger pour l'instant.

Elle retourna dans sa chambre et se blottit dans son lit, comme une petite fille effrayée. Elle ferma aussitôt les yeux et essaya de se concentrer pour s'endormir le plus vite possible.

Mais quel était ce bruit ?

L'interphone était toujours allumé ?

Quelqu'un respirait près de son lit ?

N'était-ce pas plutôt quelqu'un en train de rire doucement dans sa chambre ?

— Aïe ! Tu brosses trop fort.

— Excuse-moi, fit Erica en passant plus doucement la brosse dans les longs cheveux de Rachel. Je pensais à autre chose.

— J'aime bien quand tu me brosses les cheveux, déclara Rachel en souriant.

Elle était assise devant sa coiffeuse et regardait Erica dans le grand miroir ovale. Rachel adorait ces séances.

Erica fronça les sourcils en pensant à Josie. Elle était furieuse contre elle. Elle lui avait promis de s'occuper de Rachel cet après-midi-là, comme depuis plusieurs jours. Elle avait juré qu'elle ne la laisserait pas tomber à la dernière minute, cette fois. Sachant cela, Erica avait réussi à obtenir de M. Peters qu'il lui fasse répéter son rôle après les cours. Une sorte de leçon particulière — une vraie faveur.

Mais lorsqu'elle était sortie de sa dernière heure de cours, Josie était restée introuvable. Elle avait carrément disparu du lycée. Erica avait appelé à la maison dans l'espoir que sa sœur était déjà rentrée. Mais personne n'avait répondu au téléphone.

De toute évidence, Josie s'était encore désistée au dernier moment, consciemment ou pas. En ce moment, elle était probablement quelque part avec Steve.

Erica n'avait eu d'autre solution que d'aller s'excuser auprès de M. Peters avant de filer à la maison pour y attendre Josie. Elle coiffait maintenant Rachel depuis un bon quart d'heure, en réfléchissant à ce qu'elle dirait à Josie quand celle-ci rentrerait.

— Est-ce que Josie va venir me voir ? demanda soudain Rachel.

On dirait qu'elle lit dans mes pensées, songea Erica, avec étonnement.

— Non, pas pour l'instant. Josie n'est pas à la maison.

— Brosse un peu plus fort, ordonna Rachel en levant les yeux sur sa sœur dans le miroir.

Il faut absolument qu'on parle de ça avec papa et maman, se dit Erica, furieuse. Je ne peux pas laisser Josie continuer à me faire des coups pareils. Je me fais avoir tous les jours, elle se moque de moi.

— J'ai été très forte à l'école, aujourd'hui, fit Rachel avec un sourire de petite fille.

— C'est bien, répondit distraitement Erica.

— Le prof a dit que j'étais très forte. Très intelligente, il a dit.

— C'est très bien, Rachel.

— Josie, c'est ma sœur, hein ? demanda Rachel, l'air soudain songeur, le front plissé, comme si elle réfléchissait intensément.

— Oui. Josie est ta sœur. Ta sœur *jumelle*.

Rachel parut y penser pendant un long moment. Puis, après avoir manifestement étudié la question sous tous les angles, elle stupéfia Erica en déclarant :

— Josie ne m'aime plus.

— Ne dis pas ça ! s'écria la jeune fille en lâchant la brosse de surprise. Josie t'aime toujours, Rachel. Qu'est-ce qui te fait dire une chose pareille ? Tu sais bien que c'est faux, voyons.

— Non. Josie ne m'aime plus. Josie ne me parle plus.

— Mais non, il ne faut pas dire ça, elle...

— Bon, en tout cas, moi, je n'aime plus Josie ! s'écria Rachel, des éclairs au fond de ses yeux verts. Je déteste Josie !

— Rachel, calme-toi ! gronda Erica en posant une main ferme sur l'épaule tremblante de sa sœur aînée. Calme-toi. Qu'est-ce qui t'arrive, enfin ? Il ne faut pas t'énerver comme ça.

— Je déteste Josie ! Je la déteste. Je la déteste. Je la déteste.

— Ne dis pas ça. Chut ! Allez, il faut que tu te calmes, maintenant. Je vais te brosser encore un peu les cheveux. D'accord ?

Erica se baissa pour ramasser la brosse, mais à cet instant, le téléphone sonna.

Elle jeta la brosse sur la coiffeuse de Rachel et se précipita dans sa chambre pour aller répondre.

— Je déteste Josie ! Je déteste Josie !

— Rachel, arrête ! cria Erica, juste avant de décrocher. Oui, allô ?

— Salut. C'est toi, Erica ? demanda une voix de garçon.

— Oui. Salut.

— C'est moi, Jenkman.

— Ah, salut jerry ! fit-elle avec enthousiasme, sans chercher une seconde à cacher qu'elle était contente de l'entendre.

— Est-ce que Josie est là ?

La joie d'Erica s'estompa aussitôt. Pendant un instant, elle avait réellement cru que Jenkman appelait pour lui parler, à *elle*.

— Non, Josie n'est pas à la maison, répondit-elle d'un ton morose. Je ne sais pas où elle est.

— Ah, fit Jenkman, l'air très déçu.

Après quelques secondes de silence, il ajouta :
— Tu sais si elle a reçu mes cartes, pour la Saint-Valentin ?

8

Problèmes de maths

— Dave, tu as une tête à faire peur, s'était exclamée Melissa, un peu plus tôt ce jeudi-là, au lycée.
— Merci de me remonter le moral, murmura Dave, l'air ailleurs.
Ils attendaient dans le couloir, devant la salle où ils devaient avoir cours avec M. Millen. Dave était appuyé contre le mur, ses cheveux noirs encore plus emmêlés que d'habitude, les traits tirés, les yeux rouges et cernés.
— J'ai pas beaucoup dormi cette nuit, dit-il en se grattant le menton. A cause de ce contrôle de maths. J'y comprends rien, je suis sûr que je vais me planter.
— Mais non...
— Tiens, Kinley, ça roule ?
Donald Metcalf donna une bourrade dans l'épaule de Dave en entrant dans la classe.
— T'es prêt pour le contrôle ? ajouta-t-il en se retournant. Tu crois que tu vas t'en tirer, cette fois ?
— Ouais. Si je copie pas sur toi, ça devrait aller.
Il massa un moment son épaule endolorie, puis chuchota à l'oreille de Melissa :
— Metcalf est vraiment lourd.
— Et toi tu es vraiment d'excellente humeur, hein ? Metcalf est ton copain, tu te rappelles ? Ton copain de l'équipe de lutte.
— Je m'en veux d'avoir tellement insisté pour que mes parents me paient ces cours particuliers de maths, avoua Dave en revenant au sujet qui le préoccupait. J'étais vrai-

ment sûr que j'arriverais à me remettre à peu près au niveau, tu sais. Mais rien à faire, je suis complètement largué. J'ai raté trois cours à cause de la grippe, et j'ai jamais réussi à les rattraper. Comme par hasard, c'étaient les trois plus importants de l'année.

Il bâilla et ajusta son sac à dos sur son épaule. La sonnerie retentit juste au-dessus de leurs têtes, les faisant sursauter tous les deux.

Josie McClain entra en vitesse dans la salle de classe, sans leur accorder le moindre regard, et se laissa tomber sur sa chaise exactement au moment où la cloche cessait de sonner.

— Tu vas t'en sortir, dit Melissa à Dave d'une voix douce, en posant une main rassurante sur son épaule.

— Non, fit-il tristement. C'est foutu d'avance. Foutu. Je suis foutu.

— Les contrôles de Millen ne sont pas trop difficiles, en général. Ne t'inquiète pas.

En le regardant droit dans les yeux avec un sourire encourageant, Melissa écarta affectueusement une longue mèche de cheveux qui lui barrait le front.

— Allez viens, dit-elle. On entre avant que le père Millen se mette à hurler.

Elle attrapa Dave par la manche et l'entraîna à l'intérieur. De mauvaise grâce, il alla prendre sa place derrière Josie. Melissa continua jusqu'au premier rang et s'installa à sa table habituelle, dans le coin.

M. Millen commença à distribuer les feuilles de contrôle sans prononcer un mot. Quelques secondes plus tard, il leur annonça qu'ils pouvaient commencer, et qu'ils avaient une heure.

La salle de classe était silencieuse — au point que Melissa pouvait entendre le bourdonnement du néon, juste au-dessus d'elle. Elle lut attentivement l'énoncé de tous les problèmes puis, sans plus attendre, s'attaqua au premier exercice.

Elle en était déjà à la moitié du quatrième exercice lorsqu'elle vit Josie se diriger vers le bureau de M. Millen.

La jeune fille se pencha vers le professeur, qui feuilletait distraitement un magazine, pour lui parler.

Il leva les yeux vers elle, surpris. Josie murmurait, mais du premier rang, Melissa put tout de même entendre clairement ce qu'elle disait :

— Monsieur Millen, ça ne vous ennuie pas si je change de place ? demanda-t-elle.

— Changer de place ? Pourquoi ? fit-il en posant sur elle un œil suspicieux.

— Eh bien... Bon, voilà, Dave Kinley n'arrête pas de copier sur moi.

Melissa sentit le sang lui monter à la tête.

Dave va vraiment avoir de gros ennuis, se dit Melissa, furieuse. Je n'arrive pas à croire que Josie puisse faire une chose pareille.

Josie et M. Millen échangèrent encore quelques mots à voix basse. Melissa tendait l'oreille, mais ne parvenait plus à comprendre ce qu'ils disaient. Elle vit Josie retourner à sa place, ramasser ses affaires, jeter un coup d'œil sombre vers Dave et aller s'asseoir à une table près de la fenêtre.

Melissa se demandait si Dave était conscient qu'il allait avoir des problèmes. Il ne paraissait pas particulièrement inquiet.

Pourquoi Dave ne m'a-t-il pas demandé de l'aider pour préparer ce contrôle ? se dit-elle. J'aurais même pu essayer de m'asseoir près de lui, s'il avait voulu.

S'il n'a rien dit, c'est sans doute qu'il est trop fier pour ça, décida-t-elle.

Parfois, Dave lui semblait vraiment bizarre. Il ne voulait jamais avouer qu'il avait des problèmes, comme tout le monde. Il fallait toujours qu'il donne l'impression que tout allait bien, qu'il n'avait besoin de personne.

Il aurait au moins pu me demander de travailler un peu avec lui pour rattraper les trois cours qu'il a manqués, se dit Melissa en secouant la tête.

Qu'est-ce qui va se passer, maintenant ?

Elle n'eut pas à attendre longtemps pour le savoir.

Quand la sonnerie retentit, M. Millen ramassa les copies. Puis il annonça aux élèves qu'ils pouvaient quitter la salle.

— Ah, Dave, je peux vous voir une minute ? demanda-t-il, une expression indéchiffrable sur le visage, au moment où le jeune homme s'apprêtait à sortir.

Melissa vit Dave se retourner lentement et hésiter une seconde avant de répondre :

— Euh... Oui, bien sûr.

Elle ferma les yeux. Pauvre Dave, songea-t-elle. Il est fichu, exactement comme il l'avait prédit.

Elle se dirigea vers la porte en lui lançant un regard inquiet. Dans le couloir, elle s'adossa au mur pour l'attendre.

Il réapparut quelques minutes plus tard, le visage rouge de honte ou de colère, avec une mine de chien battu.

— Josie m'a dénoncé, grommela-t-il avant de lâcher quelques jurons.

Melissa secoua la tête, compatissante, puis se dirigea vers son casier. Dave la suivit en bougonnant.

— Non mais tu te rends compte ? fit-il. Comment cette peste a pu me faire un truc pareil ? J'y crois pas !

Melissa s'arrêta devant son casier et tourna lentement les yeux vers lui.

— Mais est-ce que tu l'as vraiment fait, Dave ? Est-ce que tu as copié sur elle ?

— Et alors, qu'est-ce que ça ferait ? Hein ?

Melissa décida de ne pas insister davantage.

— Tu vas te mettre contre moi, toi aussi ? s'écria-t-il.

— Mais non, je demandais, c'est tout, répondit-elle d'une voix calme, en tapant son code. Bon, qu'est-ce qu'il t'a dit, Millen ?

— Ce crétin ? Il m'a dit que j'aurais zéro, si tu veux savoir. Et tu connais le coefficient des maths. Ce contrôle était le plus important du trimestre. Et moi, je me tape un zéro, grogna-t-il en donnant un coup de pied dans un casier. Tu sais ce que ça veut dire ? Ça veut dire que je vais me faire virer de l'équipe de lutte.

— Oh non ! s'exclama Melissa.

— En clair, ça veut surtout dire que je peux faire une croix sur la bourse à laquelle j'aurais eu droit en tant que membre de l'équipe. Tu vois ? Je peux donc faire aussi une croix sur l'Université. Tout ça à cause de cette...

A ce moment précis, Josie passa près d'eux.

Incapable de se contrôler, Dave l'attrapa brutalement par le coude.

— Aïe ! s'écria-t-elle en le foudroyant du regard. Lâche-moi, toi ! Fous-moi la paix !

— Pourquoi t'as fait ça ?

Il lui serrait le bras de plus en plus fort et plongeait son regard furieux dans le sien.

— Lâche-moi, je t'ai dit !

D'un geste brusque, elle parvint à se libérer.

— Pourquoi tu m'as dénoncé ? T'es vraiment la dernière des fayotes ou quoi ?

— J'ai pas envie de parler de ça, répondit-elle froidement en jetant un coup d'œil vers Melissa derrière lui. De toute façon, qu'est-ce que tu voulais que je fasse d'autre ? Tu te penchais tellement derrière moi que tu me soufflais dans le cou !

Dave bafouillait de rage. Profitant de sa confusion, Josie tourna les talons et s'éloigna. Plusieurs élèves s'étaient arrêtés pour assister à la scène.

Dave poussa un cri de colère et claqua la porte du casier de Melissa. Le bruit résonna dans tout le couloir.

— Elle vient de foutre ma vie en l'air ! hurla-t-il. Je *hais* Josie McClain !

— Dave, arrête ! s'exclama Melissa. Tu ne sais plus ce que tu dis ! Calme-toi.

Mais il semblait ne plus l'entendre. En pestant comme un forcené, il s'élança à la poursuite de Josie.

— Dave, reviens ! s'écria-t-elle, affolée. Reviens ! Qu'est-ce que tu fais ?

9

Le sang coule

Josie fixait son manuel d'histoire d'un œil vide. Elle était sur la même page depuis presque une demi-heure, absolument incapable de se concentrer. Elle ne parvenait pas à chasser Dave Kinley de son esprit.

Je n'arrive pas à croire qu'on soit sortis ensemble, se disait-elle. On ne le dirait pas à nous voir maintenant.

Elle pensait à la violente dispute qu'ils avaient eue l'après-midi même. Tout ça parce qu'elle avait dit à M. Millen qu'il trichait. Elle ne voulait pas spécialement attirer d'ennuis à Dave, mais elle n'avait pas eu le choix. Il copiait quasiment chaque chiffre qu'elle écrivait. Si elle n'avait rien fait, ils auraient fini par avoir des problèmes tous les deux. Ce qui aurait été pour le moins injuste. Elle avait passé des jours et des nuits à réviser pour être sûre de ne pas rater ce contrôle. Et à cause de lui, elle aurait dû tout gâcher ?

J'ai fait exactement ce qu'il fallait faire, décida-t-elle. Maintenant, Dave est furieux contre moi. Et alors ? Ce n'est pas si grave, après tout. Dave est toujours furieux contre quelqu'un de toute manière.

Elle se pencha de nouveau sur son livre, mais les mots dansaient devant ses yeux. Elle repoussa brusquement sa chaise et se mit à faire les cent pas dans sa chambre.

Le radioréveil affichait dix-neuf heures trente. Et elle avait encore beaucoup de devoirs pour le lendemain.

Je suis si fatiguée, constata-t-elle. Je n'ai pas beaucoup dormi la nuit dernière.

Au souvenir de la nuit précédente, un frisson courut le long de sa colonne vertébrale.

Elle tourna les yeux vers le petit haut-parleur fixé au mur, et, juste à ce moment-là, il se mit à grésiller. Elle entendit un toussotement, puis la voix ténue de Rachel, qui parlait sur le même ton suppliant que pendant la nuit.

— Josie, tu peux venir dans ma chambre ?

— Non ! cria-t-elle, surprise elle-même par le ton rageur de sa voix. Non ! Ça ne va pas recommencer, hein ?

— Josie, s'il te plaît, viens dans ma chambre, geignit doucement Rachel.

— Non, pas question ! Erica est à la maison, Rachel. Erica va s'occuper de toi.

Il faut que je sorte d'ici, songea-t-elle. Je ne pourrai pas supporter ça une fois de plus. C'est au-dessus de mes forces.

Elle attrapa son blouson et sortit précipitamment de sa chambre. L'interphone continuait à crachoter. La petite voix implorante de Rachel semblait la poursuivre jusque dans les escaliers.

Elle claqua la porte d'entrée derrière elle. La voix de Rachel se tut enfin.

Est-ce vraiment Rachel qui m'appelle ?

Est-ce que ce n'est pas un piège ?

Est-ce que je suis en train de perdre la tête ?

Mais pour l'instant, elle avait autre chose à faire que de se poser toutes ces questions. Il fallait qu'elle s'éloigne. De tous ces problèmes. De toute cette souffrance.

La soirée était claire et froide. Tandis qu'elle se dirigeait vers la voiture garée dans l'allée, la neige crissait sous ses pieds.

Quelque part dans le quartier, un chat poussa un miaulement déchirant, semblable au cri d'un bébé.

Steve, pensa Josie. Je vais aller voir Steve. C'est le seul qui puisse comprendre.

— C'était une super idée, s'exclama Josie en adressant à Steve un sourire plein de tendresse. J'étais tellement énervée, tu sais. Maintenant, je me sens très calme.

Elle prit la main gantée de Steve dans la sienne et l'attira plus près d'elle.

— Tu patines bien, dis donc, fit-il en essayant d'accélérer pour rester à sa hauteur.

Les patins de Josie glissaient presque silencieusement sur

la glace. Elle adorait patiner. Elle lâcha la main de Steve et se mit à filer de plus en plus vite sur la glace.

Glissant sans effort, écoutant avec plaisir le bruit de ses patins tranchants sur la glace, elle boucla rapidement son tour de la patinoire.

— Regarde ça, fanfaronna Steve, qui se mit à patiner en arrière dès qu'elle fut revenue près de lui.

— Pas mal, fit Josie en souriant.

— Tu pourrais le faire ?

— Je ne crois pas, non, admit-elle. Tu sais qui est la championne de patinage de la famille ? Erica. Elle n'est pourtant pas très sportive. Mais sur des patins, elle se débrouille vraiment bien.

— Ah, mais il fallait le dire plus tôt. La prochaine fois, c'est *elle* que j'inviterai !

Le fait d'avoir parlé d'Erica ramena Rachel à l'esprit de Josie. Son sourire s'estompa aussitôt. Elle secoua énergiquement la tête, comme si elle essayait d'en chasser l'image de sa sœur.

— Ça ne t'ennuie pas si on s'assied un moment ? demanda-t-elle à Steve.

Il aurait bien aimé patiner encore un peu, mais le brusque changement d'expression sur le visage de Josie le fit accepter sans protester.

Quelques instants plus tard, ils étaient installés dans un coin du bar de la patinoire, devant deux tasses de chocolat fumant.

— Le jeudi soir, c'est le meilleur jour pour venir ici, dit Steve en jetant un coup d'œil autour de lui. Il n'y a personne.

En parlant, il heurta la petite table, un peu du chocolat de Josie se répandit dans sa soucoupe.

— Excuse-moi, dit-il. Je suis un peu empoté, hein ?

— Mais non, c'est rien. Tu sais, je me demande ce que j'aurais fait sans toi, ce soir. Il fallait vraiment que je me sauve de cette baraque.

Il plongea son regard dans le sien et s'aperçut qu'elle

avait l'air réellement soucieuse. Son visage devint plus grave.

— C'est pas facile, en ce moment, chez toi ?

— C'est le moins qu'on puisse dire. C'est complètement déprimant, répondit-elle d'une voix étranglée. Je... je ne suis pas bien, là-bas. Je suis malheureuse. Tout le temps.

Elle but une gorgée de chocolat qui lui brûla le palais. Mais elle n'y prêta aucune attention. Elle sentait le malaise et l'amertume enfler en elle, prêts à exploser.

Il fallait que ça sorte. Il fallait qu'elle parle à quelqu'un. Et Steve était probablement l'interlocuteur idéal.

— Tu n'es pas bien à cause de Rachel ?

Il lui prit la main et la serra doucement. Elle hocha la tête.

— A cause de Rachel. A cause d'Erica aussi. A cause de tout le monde.

— Qu'est-ce qu'il se passe ? demanda-t-il en pianotant nerveusement sur le bord de la table.

Josie lui raconta ce qui était arrivé la nuit précédente.

— Je... je me sens tellement coupable, vis-à-vis de Rachel. Chaque fois que je vois son sourire d'ange. Chaque fois que je lui brosse les cheveux. Chaque fois que je lui parle. Chaque fois que je me rends compte que Rachel restera toujours une petite fille, qu'elle ne grandira jamais. Mentalement, en tout cas. Qu'elle ne pourra jamais fonder une famille. Qu'elle ne pourra jamais avoir une vie à elle. Chaque fois que je la vois, si belle, si... vulnérable. Ça me donne envie de pleurer, Steve. Je me sens si coupable. Et si impuissante.

Steve poussa un profond soupir et secoua tristement la tête.

— Je ne sais pas quoi te dire, murmura-t-il. Il faudra du temps, je suppose. Je veux dire...

— Erica rend les choses encore pires, l'interrompit Josie. J'ai l'impression que tout ce qu'elle veut, c'est que je me sente coupable, justement. Coupable de ne pas passer assez de temps avec Rachel, avec elle, aussi. Mais c'est trop me demander, pour l'instant. Tu ne crois pas qu'elle pourrait me laisser respirer un peu, non ? Je veux dire, elle devrait se rendre compte que je me sens déjà assez coupable comme ça.

— Ne t'énerve pas, dit Steve, visiblement mal à l'aise. Tu veux qu'on retourne patiner un peu ?

Josie secoua la tête. Elle sentait de grosses larmes se former au coin de ses yeux, mais elle s'en fichait. Elle les laissa couler sans même penser à les essuyer.

— J'aime toujours Rachel, dit-elle. C'est ma sœur jumelle, quand même. Je l'aime, mais je ne supporte pas de voir ce qu'elle est devenue. C'est pour ça que je ne rentre à la maison que lorsque j'y suis absolument obligée.

— Ça va s'arranger, assura Steve, sans grande conviction. Tu verras.

Il termina son chocolat en évitant de croiser le regard de Josie. Puis il se mit à jouer distraitement avec sa tasse en carton.

— Fais-moi confiance, reprit-il. Tu verras, Josie, les choses iront mieux dans quelque temps.

Elle secoua la tête une nouvelle fois et essuya des deux mains les larmes qui continuaient de couler sur ses joues.

— Erica ne comprend pas, continua-t-elle sans se soucier de l'embarras de Steve. Elle croit que je suis méchante, c'est tout. Irresponsable. Mais ça n'a rien à voir avec ça. Elle ne comprend rien. *Personne* ne comprend.

— Josie, il ne faut pas te...

— Regarde, dit-elle en sortant quelque chose de la poche arrière de son jean.

Elle déplia une carte postale de la Saint-Valentin ornée d'un gros bouquet de roses rouges et la lui tendit d'une main tremblante.

Il l'ouvrit prudemment et lut à voix haute le petit poème :

Qui t'envoie ces quatrains ?
Ne cherche pas, tu perds ton temps.
A la Saint-Valentin,
Tu baigneras dans ton sang.

Steve fixa pendant un moment les quatre vers, soigneusement écrits à l'encre noire.

— Tu penses toujours que c'est Jenkman qui t'envoie ça ? demanda-t-il finalement.

— J'en sais rien, mais il y a des chances. Comme je te l'ai dit, depuis que je l'ai jeté, il me suit partout, il me harcèle. Je ne vois pas qui ça pourrait être d'autre, de toute façon.

— Je suis persuadé que c'est une blague, rétorqua Steve en rendant la carte à Josie. Une blague débile, rien de plus.

Josie froissa rageusement la carte et enfonça la petite boule de carton dans sa tasse presque vide.

— Tu crois vraiment ?

— Jenkman est bizarre, je veux bien, mais c'est quand même pas un assassin. Non, c'est une blague idiote, Josie. Tu ne devrais pas prendre ça au sérieux.

— Je... je ne sais pas comment prendre ça, justement, bredouilla-t-elle. C'est la troisième que je reçois. Et je t'assure que ça commence à me faire peur. Qu'est-ce qu'il va m'arriver s'il pense vraiment ce qu'il dit ?

— Écoute, si ça peut te rassurer, tu n'as qu'à aller le voir ou l'appeler au téléphone pour lui demander d'arrêter ses bêtises. A mon avis, c'est rien de plus qu'une petite vengeance mesquine.

— Il est en train de me rendre dingue, tu sais. A la fin des cours, il m'attend toujours près de mon casier. Quand je quitte le lycée, il me suit jusqu'à la maison. Il téléphone de temps en temps et...

Elle s'interrompit soudain, bouche bée. Elle désigna du doigt quelque chose dans le dos de Steve, vers la patinoire.

— Steve !

— Quoi ? fit-il en voyant la lueur d'affolement qui brillait dans les yeux de Josie. Qu'est-ce qu'il se passe ?

Il se retourna vivement.

— Il y a quelqu'un, là-bas, murmura-t-elle d'une voix angoissée. Quelqu'un qui nous observe. Derrière le petit snack.

— Où ? Je ne vois personne.

Josie fit tomber sa chaise en se levant.

— Là !
— Je... je vois bien une ombre, oui. Mais...
— Tu crois que c'est Jenkman ?
— J'en sais rien !

Steve se leva à son tour. Il fit le tour de la table et prit Josie par le bras.

— Tu veux qu'on parte ?
— Oui, murmura-t-elle en hochant la tête. S'il te plaît, quittons cet endroit tout de suite.

Ils allèrent rendre leurs patins en vitesse et se dirigèrent vers la porte sans regarder en arrière.

Dès qu'ils furent dehors, Steve l'attira contre lui et l'embrassa tendrement. Elle lui rendit son baiser en lui passant les mains dans les cheveux. Ils lui parurent extraordinairement doux. Elle lui prit la tête à deux mains pour prolonger ce baiser si réconfortant.

Elle aurait aimé que ce moment ne finisse jamais. Elle aurait aimé rester dans ses bras jusqu'à la fin de ses jours, sentir éternellement la chaleur de son corps, la douceur de ses lèvres.

Elle ne voulait plus penser à rien et surtout pas à cette silhouette sombre qui l'espionnait dans la patinoire.

Si elle avait envie que cet instant se prolonge à l'infini, c'est qu'elle ne voulait pas rentrer chez elle.

Ils arrivèrent devant la vieille maison qui se découpait sur le ciel sombre, froide et hostile.

Sous le porche éclairé d'une sinistre lueur jaune, Josie embrassa Steve une dernière fois, puis poussa un long soupir et se dirigea d'un pas résigné vers la porte d'entrée. Elle se retourna, lui fit un petit signe de la main, puis referma tristement la porte derrière elle. Elle franchit le vestibule sans allumer la lumière et s'engagea dans le couloir obscur.

— Tout le monde dort ? murmura-t-elle.

Il n'était pourtant pas si tard. Peut-être onze heures, pas plus. Elle passa sur la pointe des pieds devant l'interphone fixé au mur du couloir, comme si elle craignait de le réveiller. Elle s'aperçut qu'il y avait de la lumière dans la cuisine.

— Qui est là ? demanda-t-elle en accélérant le pas. Erica ? C'est toi ? Tu n'es pas encore couchée ?

Elle s'avança dans la cuisine et s'arrêta pour regarder autour d'elle d'un œil inquiet. Il n'y avait personne.

Deux bols sales étaient posés près de l'évier. Quelqu'un a dû descendre manger un peu de glace, se dit-elle.

Elle fit encore quelques pas. Et se figea. Elle sentait quelque chose de gluant et de collant sous ses baskets. Sans trop savoir pourquoi, elle n'osa pas baisser les yeux.

Avait-elle marché dans du chewing-gum ?

Elle se baissa lentement pour examiner sa chaussure. Et vit dans quoi elle avait marché : une petite flaque rouge sombre.

Du sirop de cassis ? Quelqu'un avait renversé du sirop de cassis et oublié de l'essuyer ?

Non. Il y en avait trop. Et...

Une autre flaque.

Et un peu plus loin, une autre, encore plus grande.

Josie suivit du regard la piste de flaques rouge sombre. Il y en avait jusqu'à la porte qui donnait sur le jardin.

Pourquoi cette porte était-elle ouverte ?

Écarquillant les yeux d'horreur à la vue de la masse sombre affalée sur le pas de la porte, Josie comprit enfin ce qu'étaient ces flaques rouges.

Elle ouvrit la bouche et se mit à hurler.

10

Le sourire de Rachel

Incapable de détacher les yeux de la forme qui baignait dans son sang à quelques mètres d'elle, Josie poussait des cris déchirants.

— Muggy ! hurla-t-elle. Oh, Muggy !

Elle écarquilla les yeux, horrifiée, et fit un pas vers le petit corps inanimé de son chien. Elle n'osait plus avancer.

— Muggy, gémit-elle.

Le petit terrier était allongé sur le dos, la tête tordue sur le côté, les yeux grands ouverts, sans vie.

Une violente bourrasque s'engouffra dans la cuisine. Josie vacilla, tout son corps tremblant d'épouvante.

Elle était sur le point de vomir. Elle allait détourner la tête lorsque quelque chose retint son attention.

Qu'est-ce qui brillait comme ça sur le ventre de Muggy ?

Elle dut fixer un long moment l'objet scintillant avant de pouvoir l'identifier. Un coupe-papier en argent. Le coupe-papier qui se trouvait dans le petit bureau. Elle fut tellement horrifiée qu'elle en oublia sa nausée.

— Qui a fait ça ? hurla-t-elle tandis que de grosses larmes commençaient à couler sur ses joues. Qui a fait ça ?

Comment était-ce arrivé ? Quelqu'un avait-il essayé de pénétrer dans la maison par la porte du jardin ? Muggy était venu voir ce qui se passait ! et ce quelqu'un l'avait tué avec le coupe-papier ? Non, impossible. Le coupe-papier était dans le bureau. L'intrus était donc allé le chercher d'abord. Mais qui ? Pourquoi ? Ça ne semblait pas logique. Ça semblait surtout monstrueux.

A ce moment, elle sentit une présence dans la cuisine. Elle pivota sur elle-même et se retrouva nez à nez avec Rachel.

Elle portait une longue chemise de nuit bleue. Dans la lumière crue de la cuisine, elle avait l'air affreusement pâle. Elle regardait fixement le corps sans vie de Muggy, ses yeux d'émeraude étincelaient, et Josie fut épouvantée par le sourire diabolique qui illuminait son visage.

— Rachel !

— C'est le p'tit chien, dit-elle gaiement en souriant de plus belle et en montrant du doigt l'animal ensanglanté. C'est le p'tit chien, là.

Pourquoi paraît-elle si contente ? se demanda Josie, soudain terrifiée par l'idée qui germait dans son esprit.

— C'est le p'tit chien, répéta Rachel d'une voix chantante.

— Rachel, tu sais que tu n'as pas le droit de descendre, fit Josie en s'agrippant au rebord du plan de travail.

— Mais il est là, le p'tit chien.

Soudain, Erica apparut dans le dos de Rachel.

— Quand est-ce que tu es rentrée ? demanda-t-elle à Josie. A ce moment, elle aperçut le corps mutilé de Muggy et elle poussa un hurlement. La bouche entrouverte, elle ne parvenait plus à prononcer le moindre mot.

— Regarde, Erica, c'est le p'tit chien, fit Rachel après quelques instants, en montrant Muggy du doigt.

Les paroles de Rachel tirèrent Erica de son hébétude.

— Oh non ! murmura-t-elle. Oh non, non, non, non !

Soudain, l'expression de son visage se modifia. Les traits tendus, graves, elle prit Rachel par les épaules, visiblement consciente de ses responsabilités.

— Ne reste pas ici, Rachel. Viens avec moi.

— Mais il y a le petit chien !

— Chut, calme-toi, lui dit-elle d'une voix douce mais ferme. Il ne faut pas te mettre dans des états pareils. Allez, viens avec moi.

Elle attira sa sœur, qui souriait toujours, hors de la cuisine.

Josie, restée seule, ferma de nouveau les yeux. Elle se sentait soudain épuisée, vidée. Elle ne comprenait rien. Pourquoi Rachel était-elle si contente ?

11

« Quelqu'un te déteste »

Melissa écarta les rideaux de la fenêtre de sa chambre. La lune était presque pleine, le ciel bleu sombre constellé d'étoiles. Les arbres de l'allée semblaient trembler de froid.

De l'autre côté de la rue, la maison des McClain était

plongée dans l'obscurité, seule brillait la lampe jaune du porche. Tout le monde devait dormir. Quelques minutes plus tôt, aux environs de onze heures, Melissa avait déjà jeté un coup d'œil à sa fenêtre en entendant la voiture de Steve s'arrêter dans leur allée. Elle avait vu Josie en sortir et se diriger vers la porte d'entrée.

Josie passe presque tout son temps avec Steve, en ce moment, se dit-elle. Et le moins de temps possible chez elle.

Ça ne doit pas être facile pour elle, se surprit-elle à penser, étonnée de ressentir soudain de la compassion pour son ancienne amie.

Plus tôt dans la soirée, elle avait traversé la rue pour aller rendre une petite visite à Erica et à Rachel. Erica avait semblé heureuse de la voir. Rachel, elle, paraissait préoccupée. Elle n'avait même pas paru se rendre compte de sa présence.

Bien qu'elle n'ait passé que quelques minutes auprès d'elle, Melissa avait compris qu'Erica était de plus en plus malheureuse. Elle était désormais obligée de passer quasiment tout son temps libre avec Rachel, car Josie ne mettait presque plus les pieds à la maison.

Si les McClain avaient pu se permettre d'embaucher quelqu'un pour veiller sur Rachel, tous ces problèmes ne se seraient sans doute pas posés. Mais ils ne pouvaient s'offrir les services d'une infirmière que pour le week-end. La chaîne de quincailleries de M. McClain n'était pas aussi florissante qu'il l'aurait souhaité, loin de là. Mme McClain travaillait dur, mais son salaire suffisait à peine aux dépenses indispensables de la famille.

Après cette brève visite à Erica, Melissa était rentrée chez elle. Elle avait téléphoné à Dave, mais sa mère lui avait dit qu'il était sorti. Elle n'avait aucune idée de l'endroit où il pouvait se trouver.

Melissa passa le reste de cette soirée à essayer de travailler un peu, et surtout à marcher de long en large dans sa chambre en jetant de nombreux coups d'œil à la fenêtre. L'esprit occupé par ce qui se passait chez les McClain, elle ne parvenait pas à se concentrer.

Elle tira les rideaux pour ne plus être tentée de regarder de l'autre côté de la rue, consulta son radioréveil — il était presque onze heures et demie — et décida de rappeler Dave pour voir s'il était rentré.

Il décrocha à la deuxième sonnerie.

— Où étais-tu ? demanda Melissa, se reprochant aussitôt sa sécheresse.

— Hein ? Nulle part, répondit-il, surpris par l'irritation qu'il percevait dans sa voix.

— Je t'ai appelé tout à l'heure. Ta mère m'a dit que tu étais sorti.

Elle se forçait à parler du ton le plus neutre possible.

— Je suis allée voir Rachel en fin d'après-midi, reprit-elle. Et quand je suis revenue ici, j'ai téléphoné chez toi. Je... J'étais un peu inquiète pour toi, je ne sais pas, je me demandais ce que tu faisais. Après cette histoire...

— Je suis en pleine forme, lança-t-il d'une voix sinistre. Je ne me suis jamais senti aussi bien, tu t'en doutes. J'ai roulé toute la soirée, au hasard. Histoire de faire quelque chose. Je ne pourrais même pas te dire où je suis allé. Si tu veux vraiment le savoir, je me sens complètement paumé.

— Tu es toujours complètement paumé, dit Melissa d'un ton moqueur, dans l'espoir de le faire sourire un peu.

— Excuse-moi, mais je n'ai pas trop le cœur à rire. L'entraîneur m'a viré de l'équipe de lutte tout à l'heure, après les cours.

— Quoi ?

— Oui, tu as bien entendu. Je ne fais plus partie de l'équipe. Et tout ça à cause de Josie !

— Oh non, c'est pas possible ! s'écria Melissa. Quand tu m'en as parlé cet après-midi, je ne pensais pas qu'il le ferait vraiment... C'est dur, quand même.

— Oui mais c'est comme ça. Et je peux dire adieu à ma bourse, maintenant que je ne leur sers plus à rien. Tous mes projets tombent à l'eau.

— N'exagère pas, quand même.

— Tout ça à cause de Josie, répéta-t-il amèrement, sans tenir compte de sa réflexion.

— Tu ne devrais pas en vouloir à Josie.

— Hein ? C'est la meilleure, celle-là. Et pourquoi, s'il te plaît ? A qui est-ce que je dois en vouloir, alors ?

— Ce n'est quand même pas elle qui a triché au contrôle de maths, que je sache.

Dave poussa un juron et ne prit même pas la peine de répondre. Après quelques secondes d'un silence pesant, il déclara :

— Josie a foutu ma vie en l'air. Je la hais. Du plus profond de mon âme.

— Ne parle pas comme ça, fit Melissa en fermant les yeux. Tu me fais peur, quand tu dis des choses pareilles.

— Bon, de toute façon, je n'ai pas trop envie de parler en ce moment, déclara-t-il brusquement. Salut.

Il raccrocha sans même lui laisser une chance de protester ni de répondre.

Déconcertée, vexée, Melissa resta plusieurs secondes à fixer bêtement le téléphone. Elle hésita à le rappeler. Il y allait un peu fort, tout de même. Finalement, elle reposa tristement le combiné.

Il valait mieux le laisser mijoter dans son coin jusqu'à ce qu'il se calme.

Elle soupira, et commença à se déshabiller.

Quelle était cette lumière rouge qui clignotait dehors ? Une soucoupe volante ?

Bizarrement, ce fut la première pensée de Melissa.

Elle se précipita à la fenêtre, écarta les rideaux, et s'aperçut que cette lumière rouge était celle d'une voiture de police garée dans l'allée des McClain.

La porte d'entrée de leur maison était ouverte.

Quelques instants plus tard, Melissa vit sortir deux inspecteurs. Dans la lumière du porche, elle devina sur leurs visages qu'ils semblaient à la fois abattus et furieux. L'un d'eux secouait la tête d'un air affligé.

Ils discutèrent un moment avec Mme McClain, restée à l'intérieur, puis ils s'éloignèrent d'un pas lent.

La lumière du porche s'éteignit, plongeant la vieille maison dans l'obscurité.

Melissa mourait d'envie de savoir ce qui s'était passé en face, mais il était trop tard pour téléphoner. Elle serait obligée d'attendre le lendemain matin.

Elle bâilla, referma les rideaux et se mit au lit.

— Ce flic n'avait pas l'air bien du tout, dit Josie. Tu sais, le roux. Quand il a vu Muggy, j'ai cru qu'il allait vomir.

— Ouais, ils étaient tous les deux assez dégoûtés, reconnut Erica. Il y a de quoi !

Les deux sœurs étaient en chemise de nuit, allongées sur le lit d'Erica. Celle-ci avait la tête sur son oreiller, tandis que sa sœur était couchée en travers, au pied du lit.

Mme McClain était dans la chambre de Rachel. La maison était silencieuse.

Distraitement, Josie caressait du bout des doigts l'édredon de sa sœur. Les yeux fermés, elle revit en pensée l'horrible scène de la cuisine. Après le départ des policiers, qui leur avaient promis de mener une enquête approfondie — et recommandé de fermer soigneusement toutes les portes —, Mme McClain avait essayé de nettoyer. En vain. Des traces sombres, qui leur rappelleraient longtemps la mort atroce de leur chien, maculaient le sol de la cuisine.

Josie ne put réprimer un frisson et ouvrit les yeux.

— Pauvre Muggy.

— Je n'arrive pas à y croire, dit Erica en s'asseyant pour enlever ses longues boucles d'oreilles fantaisie et les poser sur sa table de nuit.

— Quelqu'un a réussi à entrer par la porte du jardin, dit Josie. Mais pourquoi ? Pour nous cambrioler ?

— On ne nous a rien volé, fit remarquer Erica.

— Dans ce cas, ça veut dire que celui qui est venu n'est entré que pour tuer Muggy... songea Josie à voix haute. Il savait que Muggy était mon chien, que je l'aimais, et...

— Arrête de faire des suppositions, dit Erica.

— Tu n'as rien entendu ? demanda Josie d'un ton presque accusateur, avant de s'asseoir à son tour sur le lit. Dans le jardin ou dans la cuisine ? Tu n'as pas entendu Muggy aboyer, par exemple ?

Erica secoua pensivement la tête, essayant de se remémorer sa soirée.

— Non, absolument rien, avoua-t-elle finalement. Melissa est venue passer une demi-heure ici...

Josie fit une grimace. De toute évidence, elle n'appréciait vraiment plus son ancienne amie.

— Ensuite j'ai fait monter Rachel dans sa chambre, poursuivit Erica. J'ai essayé de l'installer devant la télé, pour pouvoir faire mes devoirs tranquillement, mais elle avait l'air assez nerveuse, ce soir, crispée. Je ne sais pas pourquoi. Bref, je lui ai lu deux ou trois histoires et puis...

— Ça va, ça va, fit Josie d'une voix impatiente et agacée, je ne te demande pas de me faire un compte rendu minute par minute de ta soirée palpitante.

— Ouais, bon, en tout cas, je n'ai pas entendu le moindre bruit anormal. Maman est allée au supermarché, elle est revenue vers huit heures et demie. Je me souviens de l'avoir entendue parler à Muggy pendant qu'elle rangeait les courses. Un peu plus tard, papa a téléphoné et elle a crié après Muggy pour qu'il arrête d'aboyer. Ça, c'était vers neuf heures et demie, je crois.

— Je sais qui a fait ça, déclara amèrement Josie.

Perdue dans ses pensées, elle écoutait à peine sa sœur. Ses yeux s'emplirent de larmes.

— C'est Jenkman.

— Quoi ? s'exclama Erica.

— Jenkman, répéta Josie en clignant des yeux pour en chasser les larmes. Je suis sûre qu'il a tué Muggy juste pour m'effrayer et me faire croire qu'il va mettre à exécution toutes ses menaces.

— Tu te trompes, dit Erica d'une voix douce mais ferme. Ce n'est pas Jenkman.

Josie tourna vivement la tête vers sa sœur et lui jeta un regard dur et perçant.

— Qu'est-ce que tu racontes ? Comment tu peux en être si sûre ?

— Je sais que ce n'est pas lui, c'est tout, répliqua-t-elle, sur la défensive. Ce n'est pas Jenkman qui t'envoie ces horribles cartes de la Saint-Valentin.

— Comment tu sais ça, toi ? demanda Josie en observant sa sœur d'un œil soupçonneux.

— Il me l'a dit. Lui, il t'a envoyé les deux marrantes, celles qui sont signées « Un admirateur anonyme ».

— Tu as parlé à Jenkman ? s'écria Josie, les yeux écarquillés de surprise. Quand ?

— Il a téléphoné, l'autre jour, il voulait te parler. Mais bien sûr, ajouta-t-elle d'un ton plein d'amertume, tu n'étais pas là. Tu étais sortie, comme toujours.

— Bon, et alors ?

— Et alors, fit Erica en soupirant, je lui ai parlé de ces cartes épouvantables que tu recevais. Il m'a juré que ce n'était pas lui qui les avait envoyées. Il m'a dit qu'il n'en avait écrit que deux, les deux marrantes.

Josie se leva du lit et croisa les bras. Les mâchoires serrées, elle foudroya sa sœur du regard.

— Et tu le crois ?

— Oui. Il a peut-être des défauts, mais ce n'est pas un menteur.

Josie leva les yeux au ciel.

— Depuis quand tu sais ce qu'il est et ce qu'il n'est pas ? Pour qui tu te prends ? Tu sais ce que je crois, Erica ? Je crois que tu es tombée amoureuse de ce crétin. Regarde-toi. Tu es toute rouge.

Honteuse, Erica détourna immédiatement la tête.

— Et alors, qu'est-ce que ça peut te faire ? fit-elle, furieuse. De toute façon, ça n'a aucune importance. Jenkman ne se rend même pas compte que j'existe. Pour lui, je suis la secrétaire qui prend les messages pour toi, et c'est tout.

— C'est un crétin, déclara Josie en s'approchant de la fenêtre pour jeter un coup d'œil dehors.

De l'autre côté de la rue, la lumière était toujours allumée dans la chambre de Melissa.

— C'est un crétin et en plus il est dangereux, ajouta-t-elle. Il me déteste, je le sais.

Elle frissonna et s'éloigna de la fenêtre.

— Il ne te déteste pas, s'indigna Erica. Tu es aveugle ou quoi ? Il continue à t'envoyer des cartes pour la Saint-Valentin, il continue à te téléphoner, il continue à essayer d'attirer ton attention.

— D'attirer mon attention, ouais. En tuant mon chien, par exemple.

La voix de Josie s'étrangla dans sa gorge.

— Écoute, Josie... commença Erica.

— Je devrais rappeler la police. Je devrais leur dire d'aller interroger Jenkman.

— Ce n'est pas Jenkman, insista Erica. Tu sais quoi ? Je crois que c'est Luke.

Cette accusation brutale déconcerta complètement Josie. Elle resta un moment pétrifiée, puis secoua doucement la tête.

— Non, ça ne peut pas être lui. Luke a un sale caractère, mais c'est une mauviette. Il n'aurait jamais eu le courage de faire un truc pareil.

— Luke t'en veut beaucoup, tu sais.

— Comme si j'étais pas au courant... railla Josie en levant les yeux au plafond. Je sais bien qu'il me déteste, lui aussi, mais c'est une poule mouillée, je te dis. Ce n'est pas lui qui a tué Muggy, c'est impossible.

Erica s'apprêtait à répliquer lorsque leur mère apparut dans l'embrasure de la porte, l'air soucieux.

— Josie, tu ne veux pas aller brosser un peu les cheveux de Rachel, s'il te plaît ?

Josie tourna les yeux vers la petite pendule accrochée au mur de la chambre d'Erica.

— Mais maman, protesta-t-elle, il est plus de minuit.

— Je sais, dit Mme McClain en soupirant. Mais Rachel n'est pas bien du tout. C'est à cause de Muggy, je pense. Elle est vraiment sur les nerfs. Je n'arrive pas à la faire dormir. Tu ne veux pas m'aider, pour une fois ? Tu vas la voir, tu lui parles gentiment pour la calmer, tu lui brosses les cheveux pendant un petit moment, et c'est tout. Je ne te demande pas grand-chose, il me semble.

— Bon, bon, d'accord. J'y vais.

Josie secoua la tête, agacée, et se dirigea vers la chambre de Rachel.

Celle-ci était en chemise de nuit, assise sur un gros fauteuil, les mains sur les genoux. Josie s'arrêta dans l'embrasure de la porte pour examiner sa sœur jumelle.

Elle est si jolie, se dit-elle, elle a l'air si fragile. La petite lampe posée par terre dans son dos éclairait les cheveux de Rachel par-derrière. Comme une auréole, se dit Josie. Rachel ressemblait à un ange.

— Salut, Rachel. Ça va ? Tu veux que je te brosse un peu les cheveux ?

Celle-ci ne répondit pas à sa question. Elle avait l'air plongée dans ses pensées, les yeux dans le vide.

— Il est très tard, tu sais, continua Josie.

Elle s'installa derrière Rachel et commença à coiffer les longs cheveux avec douceur.

Soudain, dans le miroir, elle vit un sourire se dessiner sur le visage de Rachel.

— Tu aimes te faire coiffer, hein ? dit-elle d'une voix affectueuse, en bâillant.

Le sourire de Rachel s'accentua encore.

— Quelqu'un te déteste, Josie, murmura-t-elle.

— Quoi ? fit Josie, qui n'était pas sûre d'avoir bien entendu. Qu'est-ce que tu as dit, Rachel ?

— Quelqu'un te déteste, répéta-t-elle un peu plus fort. Quelqu'un te déteste vraiment.

Elle poussa un petit gloussement, tout excitée par la révélation qu'elle venait de faire. Interdite, Josie baissa lentement la brosse. Elle fit le tour du fauteuil et vint se placer en face de sa sœur, qui jubilait.

— Rachel, qu'est-ce que c'est que cette histoire ? Tu sais quelque chose, dis ?

Rachel regardait droit devant elle, le visage toujours éclairé par ce sourire mystérieux. Elle gloussa une nouvelle fois.

— Quelqu'un te déteste, reprit-elle d'une voix espiègle en tournant ses grands yeux vers Josie.

A la vue du visage réjoui de sa sœur jumelle, Josie sentit un frisson glacé la parcourir. Un frisson de peur.

12

Peut-être Jenkman ?

Le vendredi après-midi, après les cours, Josie claqua violemment la porte de son casier. D'une main nerveuse, elle sortit son portefeuille de son sac à dos et compta l'argent qui lui restait.

— Où tu vas ?

En se retournant, Josie aperçut Erica qui se tenait derrière elle, emmitouflée dans son gros manteau.

— Je vais faire un tour à cette nouvelle boutique de posters, répondit Josie en balançant son sac à dos sur son épaule. Ça s'appelle le Château de Cartes. Il faut que j'en achète une pour Steve, pour la Saint-Valentin. C'est demain, tu sais. Je suis sûre que les plus belles et les plus amusantes sont déjà parties.

— Je peux venir avec toi ? demanda Erica avec un petit air triste.

— Ouais, si tu veux, dit Josie en haussant les épaules.

— Maman est à la maison aujourd'hui pour s'occuper de Rachel. On a tout le temps qu'on veut.

— Tu as de l'argent ? Il me reste à peine trois dollars.

— Je dois avoir un billet de cinq, oui. Mais il faut que tu me promettes de me le rendre.

— Promis.

Elles sortirent ensemble dans la lumière grisâtre de cet après-midi d'hiver. A présent, la neige était glacée. De-ci de-là, on commençait à apercevoir des plaques de terre gelée. Le dos voûté pour lutter contre le vent, elles s'engagèrent sur Park Drive.

— J'ai eu les résultats de mon contrôle de maths, dit Josie. Millen m'a mis dix-sept.

— C'est génial, fit Erica d'une voix étouffée par son écharpe. Moi j'ai tellement de devoirs que je crois que je vais être obligée de passer une nuit blanche pour en venir à bout.

— Pauvre petite chose, va...

Soudain elle sursauta en entendant une sorte de puissante détonation dans son dos.

On m'a tiré dessus! pensa-t-elle.

Terrifiée, elle retint son souffle. Elle avait l'impression que son cœur venait de cesser de battre.

— Josie, ça va? demanda Erica, surprise par la réaction paniquée de sa sœur. Qu'est-ce qu'il y a? C'est un pot d'échappement qui a fait ce bruit. Tu as eu peur?

Josie eut un petit rire forcé.

— Un peu, oui. Je suis désolée. Mais tu sais, je... je suis tellement nerveuse, avec toutes ces... Enfin bref.

— Tu es blanche comme un linge, constata Erica. Tu as cru que c'était un coup de feu?

Josie hocha la tête, consciente d'être un peu ridicule.

— La mort de Muggy m'a vraiment bouleversée, tu sais. Je suis sur les nerfs en permanence, depuis hier soir. Le moindre petit bruit me fait bondir. Je suis obsédée par la vision de ce pauvre chien, et par les menaces de ces saletés de cartes.

Les deux sœurs traversèrent la rue et entrèrent dans la nouvelle boutique de cartes postales.

Le magasin était étroit, tout en longueur, avec deux allées qui passaient entre des présentoirs métalliques, remplis de cartes. Une jeune femme aux cheveux blonds très courts était assise derrière la caisse, à l'entrée, une expression d'ennui sur le visage.

Josie se tourna vers le premier présentoir et commença à examiner les cartes.

— Il y en a plus dans le fond, lui annonça la femme à la caisse. Ce présentoir-là a été quasiment dévalisé ces jours-ci.

— Merci, répondit distraitement Josie.

Elle était en train de lire une carte injurieuse, qu'on était censé envoyer à son pire ennemi.

Pourquoi les gens ont-ils besoin de s'insulter le jour de la Saint-Valentin ? se demanda-t-elle. S'il y a vraiment un moment de l'année où ils devraient faire la paix, c'est bien celui-là.

Et pourquoi certaines personnes veulent-elles en tuer d'autres le jour de la Saint-Valentin ?

La question lui était venue à l'esprit tout naturellement.

Pendant ce temps, Erica se promenait entre les présentoirs au fond du magasin. Une carte gigantesque attira son attention, et elle s'arrêta un instant pour lire le bref poème qui se trouvait à l'intérieur.

Lorsqu'elle releva les yeux, elle fut surprise d'apercevoir Jenkman à l'autre bout de l'allée.

Dans un premier temps, il ne la vit pas. Il était concentré sur les cartes qu'il avait retirées du présentoir. Erica l'observait et attendait qu'il remarque sa présence. Il portait un bomber de cuir marron et un jean noir.

— Hé, Jenkman ! lança-t-elle au bout d'un moment.

Il se tourna brusquement vers elle et rougit violemment. Il remit précipitamment sur le présentoir les cartes qu'il tenait à la main.

— Ah, euh... Salut, bafouilla-t-il, visiblement très embarrassé.

Il marcha vers elle d'un pas rapide, sans oser la regarder dans les yeux.

Il ne voulait pas que je voie les cartes qu'il avait choisies, songea-t-elle. Il a l'air tellement gêné. C'est comme si je l'avais surpris en train de commettre un crime, ou quelque chose comme ça.

— Salut, Erica, répéta-t-il en jetant un coup d'œil derrière elle. Je suis venu acheter deux ou trois cartes pour ma mère.

— C'est gentil de ta part, fit-elle avec un sourire chaleureux. J'étais en train de...

— Est-ce que Josie est là ? l'interrompit-il. Ah oui, la voilà.

Il dépassa Erica sans plus lui accorder la moindre attention.

— Hé, Josie ! s'écria-t-il. Salut ! Josie !

Il ne m'a même pas jeté un regard, pensa tristement Erica. Comme toujours. Elle le suivit dans l'allée, curieuse de voir comment sa sœur allait réagir.

Josie fit d'abord semblant de ne pas avoir entendu Jenkman l'appeler. Mais lorsqu'il ne fut plus qu'à quelques pas d'elle, elle tourna la tête vers lui et lui lança un regard glacial.

— Josie... commença-t-il.

— Ta mère te laisse sortir de ta cage, toi ? lâcha-t-elle.

— Josie, écoute, dit-il en lui prenant le bras.

Elle se dégagea brutalement.

— Je voulais juste te parler un peu, dit-il, blessé par la violence de sa réaction.

— Tu es venu ici pour acheter encore quelques-unes de ces ordures que tu m'envoies, Jenkman ? Tu vas nous pondre encore quelques petites menaces bien ignobles ?

— Hein ?

Sincère ou non, il avait l'air de ne rien comprendre à ce qu'elle disait. Soudain, il parut se souvenir.

— Ah oui ! Erica m'a parlé de ces cartes. Tu ne crois quand même pas que c'est moi qui les ai envoyées, j'espère ?

— D'après toi ? dit-elle froidement. C'est pas toi qui m'espionnais, l'autre soir, par hasard ? A la patinoire ?

— Jamais de la vie. Pourquoi voudrais-tu que je t'espionne ?

— Ben voyons. Je ne te crois pas. Tu ne peux pas me lâcher un peu, Jenkman ? T'as rien d'autre à faire ?

— Non. Tout ce que j'ai à faire, c'est avec toi.

— Jamais ! t'entends ? Salut, Jenkman.

Avant qu'il ait le temps de répondre, elle se précipita hors de la boutique.

Embarrassée, Erica se dirigea rapidement vers la sortie. En arrivant près de la porte, elle se retourna.

Elle vit que Jenkman s'intéressait de nouveau aux cartes exposées dans le fond du magasin. Son visage était blême de colère. Avec une sorte de rage aveugle, il sortait les cartes une à une du présentoir, sans même les regarder.

Il a l'air assez hors de lui pour être capable de tuer, se dit Erica.

C'est peut-être lui qui écrit ces affreux poèmes à Josie.

Oui, c'est peut-être Jenkman, après tout.

13

La Saint-Valentin

Steve se pencha pour embrasser Josie. Elle lui rendit tendrement son baiser. Les lèvres de Steve étaient chaudes et sèches. Il sentait la menthe.

— Joyeuse Saint-Machin, dit-il avec un sourire, en exhalant de la vapeur blanche.

— Quoi, c'est tout ce que j'ai ? Un malheureux petit baiser ? Pas de carte ? Pas de cadeaux ? Même pas de chocolats ? se plaignit-elle pour le taquiner.

— Il ne te plaisait pas, mon baiser ?

— Allez entre, fit-elle en riant. Il fait un froid de canard. Brrr !

Il la suivit à l'intérieur de la maison.

— J'en ai vraiment marre de l'hiver ! s'écria-t-elle en se frottant vigoureusement les bras. Tu sais que t'as intérêt à avoir un cadeau de Saint-Valentin pour moi, mon bonhomme.

— Peut-être, peut-être. On ne sait jamais.

Elle le conduisit dans le salon. Ils croisèrent Luke, vêtu d'un gros manteau gris démodé.

— Tiens, salut, Steve !

— Salut, Luke ! Tu vas bien ? fit Steve en ôtant son manteau et en le jetant sur le divan.

— Pas terrible, non. Je, euh, j'ai rapporté un gros cœur à

Rachel pour la Saint-Valentin. Tu sais, une boîte de chocolats. Mais... elle la regarde fixement et elle ne dit rien.

— Ah, dit Steve, platement.

Luke rajusta ses lunettes sur son nez.

— Rachel a l'air vraiment bizarre, ce soir, dit-il en se tournant vers Josie. Elle est un peu déboussolée, comme si quelque chose la tracassait. Bien sûr, elle ne dit pas ce que c'est. Je ne sais plus quoi faire. Bon, allez, il faut que j'y aille.

— O.K. ! dit Steve. Eh ben... à bientôt.

Josie et Steve regardèrent Luke se diriger vers la porte d'entrée. Lorsqu'elle se referma derrière lui, Steve se gratta pensivement le menton pendant quelques secondes, puis déclara :

— J'arrive pas à savoir pour Luke.

Par la fenêtre du salon, Josie vit Luke monter dans sa voiture.

— Qu'est-ce que tu veux dire ? fit-elle.

— Je veux dire que j'arrive pas à savoir si Luke est vraiment un type super de rester aussi proche de Rachel, ou s'il est pas un peu bizarre.

— Écoute, dit Josie avec un profond soupir. C'est la Saint-Valentin, aujourd'hui. Si on arrêtait de parler un peu de Rachel. D'accord ?

— Ouais, d'accord.

Il s'approcha d'elle pour l'embrasser, mais elle le repoussa.

— Tss tss. Pas de cadeau, pas de bisou.

— Ah, t'es dure ! Alors, on va faire un tour à la patinoire ou non ?

— Je ne sais pas trop, fit Josie, manifestement peu enthousiaste.

— Mais tu m'as dit que c'était ce que tu avais envie de faire ce soir, protesta-t-il, déçu. On s'est bien amusés, l'autre soir, non ?

— Ouais, jusqu'à ce que je rentre chez moi et que je retrouve mon chien dans une mare de sang, murmura-t-elle, avant de relever les yeux vers lui. J'ai la trouille, Steve.

— Tu veux dire...

— Je veux dire que c'est la Saint-Valentin, et que c'est aujourd'hui qu'on va peut-être essayer de me tuer. Tiens. Attends.

Josie sortit du salon et réapparut quelques secondes plus tard, une carte à la main.

Elle la tendit sèchement à Steve.

— Voilà, fit-elle. Lis.

Elle plongea ses yeux dans les siens. Il put y déceler la peur et en fut presque effrayé à son tour. Il fronça les sourcils, ouvrit la carte, et lut à voix haute :

Même les plus belles fleurs
Finissent un jour par se faner.
Tu commenceras dans quelques heures,
Toi aussi, à te décomposer.

Steve garda les yeux fixés sur le poème pendant un long moment, puis demanda à Josie :

— Tu ne reconnais pas l'écriture, par hasard ?

Elle secoua la tête en haussant les sourcils, puis lui reprit la carte et la plia nerveusement en quatre.

— Peut-être qu'on ne devrait pas sortir, hasarda-t-elle.

— Non, je te dis que c'est une sale blague, et rien d'autre. On ne devrait pas laisser ces bêtises nous gâcher la soirée.

Il lui prit la main gentiment, et fut surpris de la trouver glacée. Elle semblait littéralement morte de peur.

— Allez viens, Josie. J'ai dit à Donald Metcalf, à Cory Brooks et à deux ou trois autres copains de nous rejoindre à la patinoire.

— Non, je crois vraiment que ce n'est pas une bonne idée d'y aller ce soir, fit Josie en retirant sa main. Ces cartes idiotes sont probablement des plaisanteries, mais il y a quand même un risque.

Elle jeta la carte pliée en quatre sur le divan.

— On loue un film et on passe la soirée ici, d'accord ? proposa-t-elle.

— Mais on s'est tellement amusés, l'autre soir !

Il allait continuer à protester lorsque l'interphone du salon l'interrompit.

Après les grésillements habituels, ils entendirent une respiration haletante. Puis la voix de Rachel, douce et presque moqueuse :

— Quelqu'un te déteste, Josie. Quelqu'un te déteste vraiment.

Josie ne put retenir un cri d'exaspération. Elle attrapa Steve par la manche.

— Sortons d'ici ! décréta-t-elle en le tirant derrière elle.

— Quelqu'un te déteste, Josie, chantonna Rachel de sa voix gaie et lugubre à la fois. Quelqu'un te déteste.

— On va à la patinoire ? demanda Steve en attrapant son manteau.

— On va où tu veux, je m'en fous ! s'écria Josie en enfilant son blouson. Tout ce que je demande, c'est de partir de cette maison ! Je te jure que Rachel me donne la chair de poule, depuis quelque temps.

Elle se retourna pour voir ce que faisait Steve.

Debout dans l'embrasure de la porte du salon, il fixait la carte pliée qui était restée sur le coussin du divan.

— Josie, quelqu'un te déteste ! fit la voix de Rachel dans l'interphone. Encore plus que tu ne crois !

— Steve, qu'est-ce que tu fais ? Il faut vraiment que je fiche le camp d'ici ! Je ne rigole pas, j'en peux plus.

Tandis que Steve se décidait enfin à la suivre, ils entendirent une nouvelle voix dans le haut-parleur. C'était celle d'Erica, qui semblait très contrariée.

— Josie, tu sors ? Josie ? L'infirmière doit partir tôt, aujourd'hui, et je suis toute seule ici.

— Ouais, je sors. A plus tard ! répondit Josie d'une voix agacée en tournant à peine la tête vers l'interphone.

— Non ! T'as pas le droit de me faire ça !

— Quelle différence ça peut faire, pour toi ? T'as pas de rendez-vous, ce soir. Je me trompe ? demanda Josie cruellement. Je resterai avec Rachel demain. Promis.

— Je ne te crois pas ! s'écria Erica d'une voix pleine de colère. Écoute, Josie...

— Salut.

Elle sortit sans attendre la réponse de sa sœur. Steve la suivit, l'air perplexe, et referma la porte derrière lui.

La nuit était claire. La neige avait presque entièrement fondu. Les arbres nus étaient parfaitement immobiles, comme pétrifiés par le froid. Haut dans le ciel, une demi-lune blafarde éclairait faiblement Fear Street. Josie leva les yeux pendant de longues secondes, mais ne parvint pas à apercevoir la moindre étoile. Quelque part au loin, un chien hurlait à la mort.

Tandis qu'ils traversaient la pelouse en direction de la voiture de Steve, Josie jeta un coup d'œil vers la maison de Melissa. Toutes les lumières étaient allumées.

Josie ouvrit la portière de la voiture, mit un pied à l'intérieur, et se figea brusquement.

— Steve, regarde, souffla-t-elle en lui montrant l'allée.

Il tourna distraitement la tête.

— C'est Luke, murmura-t-elle.

La voiture de Luke était toujours dans l'allée. A la lumière du porche, elle l'aperçut assis derrière son volant. Il regardait devant lui, immobile.

— Qu'est-ce qu'il lui arrive ? demanda Steve en s'accoudant sur le toit de sa voiture.

— J'en sais rien. Qu'est-ce qu'il fabrique, assis là dans le noir ?

— J'en ai pas la moindre idée. Tu crois que je devrais aller lui parler ?

— Non, fit Josie en secouant la tête. Enfin, je ne sais pas. Peut-être qu'il a juste envie de rester seul un moment, pour réfléchir un peu.

— Vraiment bizarre...

Steve s'installa dans sa voiture, aussitôt imité par Josie. Un moment plus tard, alors qu'ils descendaient Fear Street en direction du centre-ville, Josie se rendit compte qu'elle était de plus en plus inquiète. Elle avait beau essayer de se raisonner, de se dire qu'il ne pouvait rien lui arriver, qu'elle prenait toute cette histoire beaucoup trop au sérieux, rien n'y faisait.

Elle ne parvenait pas à chasser de son esprit les terribles images de la semaine qui venait de s'écouler. Le corps mutilé de Muggy. Les flaques de sang. L'attitude de Rachel. Sa voix si joyeuse quand elle lui déclarait que quelqu'un la détestait. Les horribles cartes de Saint-Valentin.

Elle regardait défiler les maisons et les jardins plongés dans l'obscurité, et sentait la peur monter en elle, comme une marée glacée.

— Steve, murmura-t-elle en lui touchant le bras. Steve, on devrait peut-être faire demi-tour.

— Ça va aller, dit-il d'une voix rassurante. Je t'assure. Ne t'en fais pas.

— Mais toutes ces cartes... Elles affirment que je vais mourir aujourd'hui.

— Je te répète que c'est une blague, Josie. Une blague stupide, mais une blague quand même. Ne t'inquiète pas.

— Mais je suis inquiète, justement. Je suis même très inquiète, Steve...

14

Erica craint le pire

Erica plissa les yeux pour essayer de distinguer dans l'obscurité les aiguilles de sa pendule murale. Il était un peu plus de deux heures du matin.

Elle se redressa dans son lit et, encore endormie, pivota lentement pour poser les pieds par terre.

Elle tendit l'oreille. Rien. Un profond silence régnait dans la maison.

Je suis la seule à être réveillée, se dit-elle amèrement.

Son père n'était toujours pas rentré de voyage. Sa mère

était revenue vers onze heures et demie de la petite soirée à laquelle elle avait été invitée chez les voisins, et était allée se coucher directement.

Maman dort paisiblement, songea-t-elle. Elle a le sommeil si profond qu'elle ne se rend compte de rien. Elle ne se rend pas compte qu'il est plus de deux heures du matin et que Josie n'est toujours pas rentrée.

Je suis la seule à être réveillée, je suis la seule à savoir.

Elle se leva et traversa la chambre obscure en faisant craquer à chaque pas les lattes du parquet.

Elle alluma la lampe de son bureau, et dut cligner plusieurs fois des yeux avant de s'habituer à la lumière vive. Elle s'assit lourdement sur la chaise et s'empara de l'annuaire du téléphone.

Elle tourna lentement les pages jusqu'à ce qu'elle trouve Barron. Le numéro de téléphone de Steve avait été souligné en rouge, probablement par Josie.

Elle poussa un long soupir et se décida à composer le numéro. Une sonnerie. Deux, trois...

— Allô ? fit Steve d'une voix ensommeillée.

Elle le réveillait, c'était évident.

— Steve ? murmura-t-elle, comme si elle espérait moins le déranger en parlant bas.

— Ouais. Qui est à l'appareil ?

Erica s'apprêtait à répondre lorsqu'elle entendit un bruit sourd à l'autre bout du fil.

— Désolé, dit Steve au bout de trois secondes. J'ai laissé tomber le téléphone.

— Tu dormais ? C'est Erica.

— Hein ? Erica ? dit-il comme s'il n'avait encore jamais entendu ce prénom. Euh... Ouais, je dormais. Je...

— Steve, je suis très inquiète. Josie n'est pas encore rentrée.

Pendant un instant, elle n'entendit rien d'autre que le bourdonnement de la ligne téléphonique.

— Elle n'est pas rentrée ? finit-il par articuler, manifestement alarmé. Quelle heure est-il ?

— Un peu plus de deux heures.

— Quoi ? T'es sûre ? Mais Josie devrait être chez vous depuis des heures.

— Je ne comprends pas, dit Erica, de plus en plus paniquée. Elle n'était pas avec toi ? Tu ne l'as pas ramenée à la maison ?

— On était ensemble, oui, mais on s'est disputés.

— Hein ? Qu'est-ce que tu racontes ?

— Une dispute idiote. Pour une bêtise. A propos des patins ou un truc de ce genre. Je ne me rappelle même plus comment ça a commencé.

— Et alors ? Que s'est-il passé ? demanda Erica, inquiète. Elle serrait si fort le combiné qu'elle en avait mal aux doigts.

— Eh bien... Josie est partie.

— Quoi, toute seule ? s'écria Erica.

— Non, non... s'empressa-t-il de répondre, sur la défensive. Elle est partie avec un groupe de copains du lycée.

Il se racla la gorge avant de poursuivre :

— On était tous ensemble à la patinoire. Et après cette dispute stupide, bon... Josie est partie avec eux. Mais... mais elle aurait dû rentrer depuis longtemps, Erica. Tu crois que... ?

— Ah ! Attends ! s'exclama-t-elle. On sonne à la porte d'entrée. Ça doit être elle. Je te laisse !

Erica raccrocha, sortit de sa chambre en courant et dévala les escaliers dans la pénombre.

Elle tourna fébrilement la clé dans la serrure et ouvrit la porte en grand.

— Josie ? s'écria-t-elle.

15

L'horreur

Erica resta bouche bée.

Elle cligna des yeux, essayant de s'habituer à la violente lumière jaune qui éclairait le porche.

Ce n'était pas Josie.

Deux inspecteurs de police en uniforme sombre se tenaient devant elle, l'air sinistre.

Elle les reconnut immédiatement. C'étaient ceux qui étaient venus constater la mort de Muggy, le jeune aux cheveux roux et l'autre, plus vieux, presque chauve, avec sa moustache poivre et sel.

Les traits figés, ils posaient sur elle un regard dur et froid. C'est en tout cas l'impression qu'elle eut.

— Qu'est-ce... qu'est-ce qu'il se passe ? Il est arrivé quelque chose ?

Mais elle savait que cette question était inutile. A voir leurs têtes, ça ne faisait aucun doute.

— Ton père et ta mère sont là ? demanda gravement le plus âgé.

— Mon père est en voyage d'affaires. Mais je peux aller réveiller ma mère.

Un froid mortel l'envahit tandis qu'elle s'effaçait pour laisser entrer les deux hommes. Le plus vieux referma la porte derrière lui.

En se retournant, Erica fut surprise de trouver sa mère au pied de l'escalier. Pour une fois, elle s'était réveillée toute seule. Les mains tremblantes, elle était en train d'attacher la ceinture de son peignoir.

— Erica ? demanda-t-elle d'une voix encore imprégnée de sommeil. Que se passe-t-il ?

— Je crains d'avoir une bien mauvaise nouvelle à vous annoncer, fit le plus âgé des deux inspecteurs.

Le souffle coupé, les yeux braqués sur le policier,

Mme McClain dut poser une main sur la rampe pour garder son équilibre.

— C'est à propos de Josie ? Où est-elle ? Elle n'est pas ici ?

Erica ferma les yeux.

— Mme McClain, votre fille a été assassinée, dit l'inspecteur d'un ton grave.

La mère de Josie poussa un hurlement. Une seconde plus tard, ses jambes cédèrent sous elle, et elle s'effondra au pied de l'escalier.

— Noooooonnnnn !

Les inspecteurs se précipitèrent vers elle. Recroquevillée sur elle-même, elle gémissait comme une bête blessée.

— Pas Josie. S'il vous plaît... *Pas Josie.*

— Comment est-ce arrivé ? Êtes-vous sûrs que c'est Josie ?

Erica ne reconnaissait pas sa propre voix. Elle s'entendait poser éperdument ces questions comme on s'entend parler dans un cauchemar.

— Qui a fait ça ? continua-t-elle. Comment vous savez que... ? Qu'est-ce que... ?

Le policier roux aida Mme McClain, qui sanglotait de plus belle, à se relever.

— Pas Josie. *S'il vous plaît,* pas Josie ! répétait-elle, les joues inondées de larmes.

— Nous avons découvert votre sœur dans l'allée qui se trouve derrière la patinoire, répondit le plus âgé d'une voix neutre. Nous avons pu l'identifier grâce au portefeuille qu'elle avait sur elle. On ne lui a rien volé. Elle était déjà morte lorsque nous sommes arrivés. Elle a été poignardée dans le dos. Avec la lame d'un patin à glace. Le patin était toujours dans son dos.

— Oh non... gémit Erica.

Les yeux écarquillés d'horreur, elle fixa sans le voir le policier. Puis elle sentit une bouffée de chaleur lui monter au visage, ses genoux fléchir comme si ses os étaient en caoutchouc, et elle s'écroula à son tour.

L'inspecteur chauve se pencha aussitôt pour lui venir en aide.

— Non! Non! Pas ça, non! continuait à crier Mme McClain.

— Vous avez un médecin de famille, madame? demanda l'inspecteur roux en la soutenant. Nous pourrions peut-être l'appeler et...

Il s'interrompit au milieu de sa phrase, surpris par l'apparition en haut de l'escalier. Rachel sortit lentement de l'ombre, vêtue d'une longue chemise de nuit blanche.

— Quelqu'un déteste Josie, déclara-t-elle de sa voix claire et chantante, un grand sourire aux lèvres. Quelqu'un te déteste vraiment, Josie.

L'expression du policier, penché au-dessus d'Erica, qui n'avait pas repris connaissance, s'assombrit soudain.

— Quoi? Qu'est-ce que tu as dit? demanda-t-il, soupçonneux.

— Quelqu'un déteste Josie, répéta Rachel en souriant de plus belle, ses grands yeux verts étincelant à la lumière vive du vestibule.

Les deux policiers échangèrent un regard perplexe, ne sachant trop comment prendre les paroles de cette étrange jeune fille.

— Ne faites pas attention à ce que dit ma pauvre Rachel, murmura Mme McClain entre deux sanglots. Ne faites pas attention à elle. Elle ne sait pas ce qu'elle dit.

Le lendemain matin, dimanche, Melissa avait prévu de faire la grasse matinée. Mais elle fut réveillée en sursaut par la voix de sa mère, qui l'appelait en bas de l'escalier.

— Melissa! Téléphone!

— Hein? marmonna-t-elle, la tête dans l'oreiller.

— Téléphone, Melissa!

Elle s'assit dans son lit et ouvrit un œil. Son réveil indiquait huit heures et demie.

— Maman, pourquoi est-ce que tu me réveilles? s'écria-t-elle avec agacement. Pourquoi tu n'as pas demandé qu'on me rappelle plus tard?

— C'est Dave. Il dit que c'est très important!

— Dave?

Que pouvait lui vouloir Dave à huit heures et demie, un dimanche matin ?

— Il a plutôt intérêt à ce que ce soit vraiment important, grommela-t-elle en bâillant.

Elle décrocha le téléphone.

— Allô ? Dave ?

— Salut, Melissa. Je... euh...

— Dave, qu'est-ce qu'il y a ? lui demanda-t-elle, soudain inquiète. Tu n'as pas l'air bien.

— Melissa, il faut que je te parle, haleta-t-il. Tout de suite. Je... j'ai de très gros ennuis.

16

Une bêtise

Melissa enfila un jean et un pull et se précipita au Corner, le bar préféré des jeunes de Shadyside High.

Lorsqu'elle arriva, Dave était déjà installé dans le fond. Il portait une chemise en jean délavée, et tapotait nerveusement la table avec l'une des lames de son couteau suisse.

Il leva les yeux et regarda Melissa s'approcher sans esquisser le moindre sourire. Ses yeux étaient rouges et cernés. Il n'avait même pas pris la peine de brosser ses longs cheveux noirs.

— Salut, dit-elle d'une voix un peu hésitante. Tu as l'air dans un état... Tu es au courant, pour Josie ?

Il referma son couteau, le posa sur la table, puis hocha tristement la tête.

— Ouais, j'ai entendu ça ce matin à la radio.

— Je n'arrive toujours pas à y croire. Je veux dire, j'ai vu Josie vendredi. Et maintenant...

La serveuse s'approcha de leur table et y posa deux verres d'eau.

— Je vous apporte la carte ?

Ils commandèrent des omelettes et des frites.

— C'est horrible, reprit Melissa après le départ de la serveuse. Je ne suis pas encore passée les voir, mais ma mère a téléphoné, Mme McClain et Erica sont effondrées.

Dave hocha la tête sans répondre. Il tripotait son petit couteau rouge d'un air absent. Ils restèrent un long moment sans rien trouver à se dire.

— *Assassinée*, tu te rends compte ? dit finalement Melissa en frissonnant. C'est pas possible !

Elle but une gorgée d'eau. Dave restait silencieux, les yeux baissés sur la table. Melissa poussa un long soupir.

— J'ai entendu dire que la police était en train d'interroger Steve, ajouta-t-elle.

— C'est de ça que je voulais te parler, justement.

Dave parut se réveiller brusquement. Il serra le couteau avec force, fuyant toujours le regard de Melissa.

— Hein ? fit-elle en le fixant, interloquée.

— Je ne sais pas trop comment te dire ça, murmura Dave, de plus en plus mal à l'aise.

— Tu... tu sais quelque chose à propos de ce meurtre ? bredouilla-t-elle.

— Écoute-moi, Melissa. Ne me pose pas de questions pour l'instant, écoute. J'ai fait une bêtise. Une grosse bêtise.

Il fit une pause et inspira profondément.

— Dave, commença Melissa d'une voix tremblante, est-ce que...

— L'omelette au fromage, c'est pour qui ? demanda la serveuse en surgissant près de leur table.

Tandis qu'elle posait les omelettes et les frites devant eux, Melissa observait fixement Dave. Elle sentit son estomac se nouer d'angoisse.

Il avait l'air effrayé. Il avait l'air coupable.

Dave regardait d'un œil vide les deux assiettes. Il releva la tête et balaya le petit snack du regard, comme pour s'assurer que personne ne pourrait entendre ce qu'il s'apprêtait à révéler à Melissa.

— Dave, qu'est-ce qu'il y a ? demanda la jeune fille d'une voix tremblante.

Dave s'éclaircit la gorge.

— J'ai vraiment fait une bêtise, répéta-t-il en évitant de croiser le regard de Melissa. Quelque chose de complètement idiot. J'ai envoyé des cartes à Josie, pour la Saint-Valentin.

Melissa resta bouche bée. *Quoi, c'est tout ?* se demanda-t-elle, déjà soulagée.

— Des cartes ? A Josie ? Mais je ne vois pas où est le problème...

— Tu ne comprends pas, fit Dave en fronçant les sourcils.

Melissa vit des gouttelettes de sueur apparaître sur son front.

— C'étaient des cartes un peu spéciales, poursuivit-il. C'était tellement idiot de ma part que je me demande comment j'ai pu faire ça, maintenant. Je ne sais pas ce qui m'a pris.

— Je *savais* que tu étais encore amoureux d'elle, fit Melissa sans pouvoir contrôler la colère qui filtrait dans sa voix.

— Non, attends... C'est pas ça. J'ai écrit des choses, sur ces cartes que je lui ai envoyées, avoua Dave en rougissant.

— Quel genre de choses ?

Melissa commençait à bouillir. D'un geste irrité, elle repoussa brutalement l'assiette de frites.

— Eh bien, euh... Bon, voilà, j'ai écrit des poèmes, sur ces cartes. Je lui disais... Tu ne vas pas me croire. Je lui disais qu'elle allait mourir le jour de la Saint-Valentin.

— Quoi ?

Une nouvelle fois, Dave jeta un coup d'œil inquiet autour de lui. La salle était pratiquement déserte.

— C'était une sorte de blague, si tu veux. J'en voulais tellement à Josie. Je la détestais, tu sais, articula-t-il en cherchant ses mots, les yeux baissés, le visage cramoisi. Je ne sais pas ce qui m'a pris, je t'assure.

En pianotant fébrilement sur le bord de la table, il détourna la tête vers les grandes baies vitrées.

Melissa ferma les yeux. Les mots de Dave tournoyaient

dans son esprit sans qu'elle parvienne à leur donner un sens. Tout ça lui paraissait complètement fou. Elle se sentait dépassée par la situation.

— Tu lui as envoyé des menaces de mort ?

— Non, s'empressa-t-il de répondre. Enfin, si. Mais bon, pas des *vraies*. Pour moi, c'était pas sérieux du tout, mais...

— Tout va bien ? demanda la serveuse, qui passait près de leur table. Vous avez besoin d'autre chose ?

— Euh... non. On n'a pas encore commencé, répondit Melissa en lui désignant du menton les assiettes auxquelles ils n'avaient pas touché.

— Donc, tu as envoyé des cartes à Josie en lui disant qu'elle allait mourir ? résuma Melissa. Tu les as signées ?

— Non. Bien sûr que non. Mais... Tu ne comprends pas, Melissa ? J'ai écrit ces cartes, ces menaces, si on veut, et Josie a été tuée le jour de la Saint-Valentin. Je...

— Oh, non ! s'exclama-t-elle. Quand la police va découvrir ces cartes, ils vont penser que c'est toi qui as tué Josie.

Dave hocha lentement la tête, sans ajouter un mot.

Tandis qu'elle le dévisageait, un terrible doute s'empara d'elle.

— Dave, murmura-t-elle en le regardant droit dans les yeux. Dave, dis-moi la vérité. Ce n'est pas toi qui l'as tuée, hein ?

17

Des projets dangereux

A son tour, Dave fixa intensément Melissa. Mais il ne répondit pas.

En attendant qu'il se décide à parler, elle scrutait ses yeux. Car ses yeux, elle le savait, en diraient bien plus long que ses paroles.

Et qu'y lisait-elle ?

De la culpabilité ? De la colère ? De la peur ?

— Je n'ai pas tué Josie, finit-il par dire d'une voix froide, exaspérée. Comment peux-tu me poser une question pareille ?

— Il fallait que je te le demande, fit-elle en continuant à le dévisager.

— Écoute, tu sais que je la détestais assez pour lui envoyer ces menaces, dit-il d'une voix sourde, en se penchant vers elle. Mais je ne la détestais pas assez pour la tuer. Je ne suis pas cinglé, quand même.

Est-ce que tu mens, en ce moment ? se demanda Melissa sans le quitter des yeux. Non. Non, tu me dis la vérité. Hein ? Oui, j'en suis sûre.

Non ?

Elle aurait donné tout ce qu'elle possédait pour ne plus avoir aucun doute.

— J'ai... j'ai eu l'idée à Noël, expliqua Dave. Quand le père de Josie m'a appelé et m'a annoncé de but en blanc qu'il ne pourrait pas m'employer dans son magasin pendant les vacances. J'étais hors de moi. Je voulais à tout prix qu'elle paie — je te l'ai dit, j'étais sûr que c'était à cause d'elle. Et à ce moment-là, j'ai eu l'idée de lui envoyer une carte de vœux pour Noël ou pour le Nouvel An, avec une espèce d'avertissement ou quelque chose dans ce goût-là.

— Je ne peux pas croire qu'une chose pareille te soit passée par la tête, fit Melissa en levant les yeux au plafond. Et ce qui me fait le plus mal, c'est que tu sortais déjà avec moi, à cette époque-là, mais que tu continuais à penser à Josie.

Elle fit un effort pour réprimer un violent sentiment de jalousie. Josie était morte, elle ne devait pas l'oublier. Et pourtant, malgré elle, elle ne pouvait s'empêcher d'en vouloir terriblement à Dave.

— Je t'ai dit que non, insista-t-il. Arrête ! Je la détestais, je te jure ! Vraiment.

— J'ai du mal à te croire. Enfin... Bon, tu lui as envoyé une carte de vœux avec des menaces ?

— Non. Je... Finalement, j'ai laissé tomber. J'étais trop

occupé à chercher un autre job. Et puis comme Josie continuait à faire sans arrêt des sales coups, je... je ne sais pas, disons que j'ai perdu un peu les pédales. Je lui ai envoyé deux cartes pour la Saint-Valentin, avec ces poèmes menaçants dont je t'ai parlé. Ensuite, après l'histoire du contrôle de maths, quand elle m'a dénoncé à Millen, j'en ai envoyé d'autres. Et aujourd'hui, Josie est morte, mon écriture est sur toutes les cartes qu'elle a dû garder chez elle, et la police va croire que...

La gorge nouée par la peur, il ne put terminer sa phrase. Melissa baissa les yeux sur la nourriture qui refroidissait dans leurs assiettes. Elle avait envie de hurler, de crier à Dave qu'il s'était conduit comme le dernier des imbéciles. Et en même temps, elle aurait aimé le rassurer, ou du moins se montrer gentille avec lui.

— Je voulais juste l'effrayer un petit peu. C'est tout, plaida-t-il.

— Qu'est-ce que tu as fait quand tu es parti de chez moi, hier soir ? Tu es rentré directement chez toi ? Tes parents étaient couchés ou non ? Ils t'ont vu ?

Dave secoua lentement la tête en fronçant les sourcils, l'air encore plus soucieux.

— On s'est quittés un peu après dix heures, c'est ça ? Bon, ensuite je suis allé me balader. J'étais un peu nerveux, je sentais que je ne pourrais pas m'endormir tout de suite. Alors j'ai tourné en voiture, sans but particulier. Je crois que je suis rentré chez moi vers une heure du matin. Mes parents dormaient.

— Donc tu n'as pas d'alibi, conclut Melissa, la bouche sèche.

— Arrête, tu commences à parler comme les flics dans les feuilletons.

— Oh, ça va ! j'essaie de t'aider, c'est tout.

Dave planta sa fourchette dans la partie la plus gonflée de son omelette. Un peu de fromage fondu dégoulina dans son assiette. Il évitait soigneusement de croiser le regard de Melissa.

— Mais au fait, s'écria soudain Melissa, une lueur

d'espoir au fond des yeux, qu'est-ce qui te fait croire que Josie a conservé ces cartes ? Je la connaissais bien, tu sais. Je suis persuadée qu'elle les a jetées. Qu'est-ce qu'elle en aurait fait, sinon ? En tout cas, moi, si j'avais reçu ce genre de cartes, je les aurais mises directement à la poubelle.

Dave réfléchit pendant quelques secondes.

— J'imagine qu'elle les a au moins montrées à Erica, dit-il d'une voix triste.

— Mais, Dave...

— Peut-être même qu'Erica les a déjà données aux flics, grommela-t-il. Ils sont peut-être en train de me chercher.

— Erica n'a pas encore parlé à la police, lui dit doucement Melissa. Elle est en état de choc. Je ne crois pas qu'elle puisse dire quoi que ce soit, en ce moment. Je t'ai dit que ma mère les avait appelées, ce matin. Et c'est le médecin qui a répondu. Il a dit que Mme McClain et Erica étaient sous calmants. J'ai cru comprendre qu'Erica s'était évanouie, quand elle avait appris la nouvelle. Et quand elle est revenue à elle, elle est devenue complètement hystérique, d'après ce qu'a dit le docteur.

— Alors j'ai peut-être encore une chance, dit Dave d'un air songeur.

— Qu'est-ce que tu veux dire ? Une chance de quoi ?

Il ne répondit pas. Les yeux perdus dans le vide, il semblait réfléchir à ce qu'il allait faire pour se tirer de ce mauvais pas.

— A quoi tu penses ? demanda Melissa.

— Je peux peut-être récupérer les cartes...

— Quoi ? Mais comment ?

— Le plus simplement du monde. J'entre en douce chez les McClain, et je les prends.

Melissa le dévisagea, le front plissé, incrédule.

— Tu es dingue ou quoi ? Tu crois que tu vas réussir à entrer chez eux comme ça ? Et si tu te fais surprendre, qu'est-ce que tu vas leur raconter ? Tu sais, je ne crois vraiment pas que...

— Non, non. Attends une seconde, dit-il en posant sa

main sur celle de la jeune fille. Je sais. Je vais y aller quand il n'y aura personne dans la maison.

— Mais je viens de te dire qu'Erica et sa mère étaient toutes les deux...

— L'enterrement, c'est bien demain, non ? coupa-t-il, les yeux brillants, visiblement enthousiasmé par son idée.

— Je crois, oui.

— Tout le monde y sera, je suppose. Même Erica et sa mère. La maison sera donc vide. J'entre par la porte de derrière, ou par une fenêtre, je vais chercher les cartes dans la chambre de Josie, et on n'en parle plus. Ni vu ni connu.

— Tu crois vraiment que c'est une bonne idée ? demanda Melissa, encore réticente. Tu crois que tu peux y arriver ?

— Bien sûr. Il n'y a aucun risque.

18

« Il y a quelqu'un ? »

Dave gara sa voiture au coin de la rue et commença à surveiller Fear Street, en laissant tourner son moteur.

Il était à peine plus de onze heures du matin, mais le ciel était sombre comme à la tombée de la nuit. D'énormes gouttes de pluie s'écrasaient de temps en temps sur son pare-brise. De gros nuages noirs et bas annonçaient un orage imminent.

Dave coupa le moteur. Il posa la main sur la poignée de la portière.

C'est maintenant ou jamais, se dit-il.

Il prit une grande inspiration et sortit dans le froid et dans le vent.

Des feuilles mortes tournoyaient à ses pieds. Il claqua la portière et se dirigea à grands pas vers la grande haie qui servait de clôture à toutes les maisons de la rue.

En se voûtant un peu pour que sa tête ne dépasse pas de la haie, il s'approcha de la maison des McClain. Il ne se sentait pas rassuré du tout.

Il plongea derrière un cyprès pour ne pas se faire repérer par une camionnette qui passait lentement dans Fear Street.

C'était censé être facile. Alors pourquoi son cœur battait-il comme un tambour? Pourquoi ses jambes étaient-elles en coton?

Une goutte de pluie tomba sur la manche de son blouson de cuir. Il se pencha encore un peu plus, les yeux rivés sur la rue, progressant lentement.

Il s'arrêta au bout de l'allée des McClain. La maison se dressait à présent devant lui comme une créature monstrueuse, immense et sombre.

Pas de voiture dans l'allée. Pas de lumières dans la maison.

Toute la famille était à l'enterrement, ainsi que la moitié de la population de Shadyside. Même le lycée était fermé pour que les amis de Josie puissent assister aux funérailles sans rater de cours.

Dave jeta un coup d'œil derrière lui, vers la rue.

Toute la ville semblait plongée dans la pénombre.

Il prit plusieurs profondes inspirations pour essayer de se calmer. Cette fois, il s'agissait de ne pas faire de bêtise. Il enfouit ses mains dans les poches de son jean et s'engagea d'un pas rapide — qu'il espérait naturel — sur l'asphalte humide de l'allée.

Je vais entrer et sortir de là en un clin d'œil, songea-t-il, pour se donner du courage. Je prends les cartes et je me sauve. Je ne risque absolument rien. C'est comme si c'était fait.

Il n'était plus maintenant qu'à quelques mètres de la maison. Malgré ses efforts pour se raisonner, son cœur continuait à tambouriner dans sa poitrine.

Soudain, un bruit terrible le fit bondir et lui arracha un cri de panique. Pétrifié au milieu de l'allée, il tremblait de tous ses membres.

C'est alors qu'il vit la grosse poubelle métallique poussée par le vent rouler sur la pelouse.

— Eh ben ! dit-il à voix haute, en secouant la tête. Il ne faut pas me faire des frayeurs pareilles...

C'était censé être facile. *Facile !*

La pluie tombait de plus en plus violemment. Toujours immobile, à dix mètres de l'entrée, il aperçut une petite lucarne basse restée entrouverte. Elle devait donner sur le garage. Dans le pire des cas, se dit-il, je pourrais peut-être me glisser par là.

Mais il voulait d'abord essayer la porte d'entrée. Avec un peu de chance, les McClain auraient oublié de la fermer à clé. Ou bien la porte du jardin, peut-être.

Par laquelle devait-il commencer ? S'il essayait la porte principale, qu'elle soit fermée et que quelqu'un l'aperçoive, sa conduite n'aurait plus rien de naturel.

Il hésitait. Malgré la pluie et le vent glacé qui lui fouettaient le visage, il se rendit compte qu'il transpirait.

Quelle porte ? Celle de devant ou celle de derrière ?

Qu'est-ce que tu attends ? se demanda-t-il, furieux contre lui-même. Qu'est-ce que tu fais là, debout comme un abruti ? Tu veux vraiment que quelqu'un te voie ou quoi ?

Il finit par se décider pour la porte principale. Il franchit les quelques marches qui menaient au porche. Ses jambes pesaient des tonnes.

Quel était ce bruit ?

Il lui fallut quelques secondes pour se rendre compte que c'était sa propre respiration.

Il tendit une main tremblante vers le bouton de cuivre. Il le tourna lentement, en retenant son souffle, et poussa.

La porte s'ouvrit.

Je rêve ! se dit-il en se glissant à l'intérieur.

Il referma doucement la porte derrière lui et s'accorda quelques secondes de répit. Tout se passait tellement bien qu'il avait l'impression que ce n'était pas tout à fait réel.

Le couloir qui menait à l'escalier était plongé dans la pénombre. Un silence de mort régnait dans la maison.

Calme-toi. Calme-toi. Tu as tout ton temps. L'enterrement vient à peine de commencer.

L'enterrement.

Un mot insupportable.

Il fit un pas dans le couloir étroit. Puis un autre.

Quelque part dans la maison, une vieille horloge égrenait bruyamment les secondes.

— Eh !

Il venait de heurter un porte-parapluies.

— Bon, ça suffit, maintenant ! grommela-t-il d'une voix qui lui parut fluette.

Il s'apprêtait à poser le pied sur la première marche de l'escalier lorsqu'il entendit soudain le grésillement de l'interphone.

Dave pila devant la petite boîte grise fixée au mur.

Est-ce qu'il venait de se mettre en marche ?

Non, on avait dû oublier de l'éteindre.

Il tendit l'oreille et retint son souffle. Un faible grésillement, rien d'autre.

Mais était-ce vraiment sûr ?

Il s'approcha encore du haut-parleur. N'entendait-il pas quelque chose qui ressemblait à une respiration ?

— Il y a quelqu'un ? demanda-t-il en collant pratiquement sa bouche contre la grille métallique.

Pas de réponse.

Immobile, blanc comme un linge, il écoutait.

Malgré tous ses efforts, il ne parvenait toujours pas à savoir si ce souffle qu'il lui semblait entendre était ou non le fruit de son imagination.

— Il y a quelqu'un ? répéta-t-il.

Silence.

Il poussa un grand soupir, secoua la tête en se traitant d'idiot, et s'engagea dans l'escalier grinçant. Arrivé en haut, il s'arrêta quelques secondes.

Il faisait encore plus sombre ici.

Il savait où se trouvait la chambre de Josie. Il était venu lui rendre visite un jour qu'elle était malade, à l'époque où ils sortaient ensemble.

Le plancher gémit sous ses pieds tandis qu'il se dirigeait vers sa chambre. Il pénétra à l'intérieur.

La chambre était rangée, et le lit fait. Un ours en peluche était posé sur l'oreiller. Il semblait attendre le retour de Josie.

Dave frissonna.

Il traversa la chambre en direction du vieux bureau, écarta la chaise et commença ses recherches.

— Il faut que je trouve ces cartes et que je foute le camp d'ici, dit-il tout haut, surpris par le tremblement de sa voix.

Une violente bourrasque claqua contre les carreaux et fit jouer le chambranle des vieilles fenêtres dans ses gonds.

Je déteste ces vieilles baraques, songea-t-il, sentant la peur l'envahir.

Il écarta d'un revers de main une pile de feuilles manuscrites et de polycopiés, et se mit à fouiller dans les livres et les classeurs.

Non, rien ici.

Elles ne doivent pas être bien loin, pourtant. Il faut que je les trouve. Il le faut.

Affolé, il se sentit soudain pris de nausées. Il dut s'arrêter de chercher pour reprendre son calme. Il ferma les yeux : *c'était censé être facile...*

Où sont-elles ?

Pas sur le bureau.

Bien sûr que non, se dit-il. Ces cartes étaient tout de même un peu spéciales, elle ne les aurait pas laissées traîner. Elle a dû les ranger dans un tiroir.

Il tira si fort sur la poignée du tiroir qu'il faillit le faire tomber sur le parquet.

Calme-toi. Calme-toi. Il se répétait ces mots sans cesse, mais ça ne semblait pas très efficace.

Où sont-elles ? Où sont-elles ?

Il se mit à fouiller fiévreusement dans le tiroir.

Non, elles ne sont pas ici.

Mais alors où ?

Où ?

Il referma brutalement le tiroir. Ses mains tremblaient,

son estomac se nouait, il se sentait oppressé. Ce qui ne devait être qu'une formalité se transformait en un véritable cauchemar.

Quel était ce bruit ?

Une voiture ? Oui.

Une portière qui claquait ?

— Il faut que je sorte d'ici, marmonna-t-il d'une voix qu'il ne reconnut pas. Tout de suite. Il faut que je foute le camp d'ici.

Il avait échoué.

Et maintenant, quelqu'un venait. Il fallait qu'il sorte de là, et vite !

Il se précipita hors de la chambre. Fou d'angoisse, il traversa en courant le couloir sombre et fonça vers l'escalier.

Mais avant d'être parvenu en haut, il pila net.

Et poussa un grand cri d'horreur.

19

Une autre victime

Du rouge qui dégouline.

Une flaque, une mare rouge.

Rouge sang.

Du sang. Qui coule et miroite tout autour de lui, qui l'enveloppe dans un tourbillon liquide.

Et au beau milieu de cette marée sanglante, Dave se mit à hurler. Il poussa un cri déchirant, un cri animal.

Un cri interminable.

Et bien après qu'il eut vidé ses poumons, le cri résonnait encore dans le couloir. Jusqu'à ce que l'écho soit remplacé par un autre bruit.

Une sorte de grondement, d'abord. Un roulement sourd.

Le tonnerre ?

Non, c'était beaucoup trop proche pour être le tonnerre.
Et trop humain.

Des pas, se dit-il. Des pas dans l'escalier. L'escalier qu'il ne voit pas, juste après l'angle.

Des pas lourds, qui montent, qui s'approchent.

Les deux inspecteurs surgirent en haut de l'escalier et se ruèrent dans le couloir. L'un d'eux appuya aussitôt sur l'interrupteur. Le plafonnier inonda aussitôt Dave d'une lumière blanche et vive.

— Hé, toi !

Les deux policiers se précipitèrent vers Dave. L'un d'eux porta la main à son pistolet.

— Lâche ça ! cria l'autre à Dave.

Ahuri, le jeune homme fixait le coupe-papier couvert de sang qu'il tenait dans sa main droite.

Le sang dégoulinait sur la lame d'argent.

— Lâche ça ! aboya le policier. Tout de suite !

Dave baissa les yeux sur la fille. Sur la blessure béante qui lui déchirait le flanc. Il était debout dans une flaque de sang.

Erica.

La fille qui gisait à ses pieds, c'était Erica.

Il tomba lourdement à genoux près du corps de la jeune fille, les yeux rivés sur la plaie.

Des flots d'hémoglobine tourbillonnaient devant lui.

Pauvre Erica.

Comme cette plaie est large et profonde, comme cette plaie est laide. Tant de sang.

Toute cette fureur liquide et rouge. Cette sauvagerie.

Pourquoi Erica ? Que faisait-elle ici ?

Et les policiers ? Pourquoi étaient-ils là ?

Pourquoi ne s'éveillait-il pas de ce cauchemar ?

Dave releva la tête et se redressa lentement.

— Tu ne bouges plus, ordonna l'un des inspecteurs en braquant son pistolet sur lui. Tu laisses tomber ton arme et tu te tiens bien tranquille. T'es dans de sales draps, fiston.

DEUXIÈME PARTIE

FÉVRIER, UN AN PLUS TARD

20

Au tour de Melissa

Melissa se pencha vers Luke pour l'embrasser, mais se cogna le front contre ses lunettes.

— Aïe ! s'exclamèrent-ils ensemble.

Melissa repoussa gentiment Luke en mimant la petite fille boudeuse.

— Tu ne les enlèves jamais, tes lunettes, ou quoi ?

Il éclata de rire et posa docilement ses lunettes sur la table basse, avant de se retourner vers elle, dans l'attente d'un nouveau baiser. Mais Melissa se leva brusquement.

— Hé, où tu vas ? Reviens ! Qu'est-ce qu'il t'arrive ?

Sans paraître l'entendre, Melissa se dirigea vers la fenêtre de sa chambre, croisa les bras et se plongea dans la contemplation du ciel qui s'assombrissait. Il n'allait pas tarder à neiger. Devant la maison, deux gros corbeaux donnaient des coups de bec dans la terre dure. Melissa les regarda jusqu'à ce qu'ils s'envolent en croassant.

— J'ai reçu une lettre de Dave, dit-elle à Luke sans bouger.

Elle décroisa les bras et se passa lentement une main dans les cheveux.

— Hein ? De Dave ?

Melissa et Luke sortaient ensemble depuis environ deux mois. Et pendant tout ce temps, elle n'avait dû prononcer le nom de Dave qu'une fois ou deux. Le jeune homme avait été placé dans une pension qui fonctionnait selon un système quasi militaire.

— Pauvre Dave, continua Melissa en se retournant vers Luke et en s'asseyant contre l'appui de la fenêtre. Il a vraiment complètement perdu les pédales.

— Ouais, fit Luke d'un air pensif en remettant ses lunettes.

— Il a toujours eu très mauvais caractère, dit-elle en jouant distraitement avec une mèche de ses cheveux. Il s'emportait pour pas grand-chose. Mais je n'aurais jamais cru qu'il irait jusqu'à tuer Josie et poignarder Erica. Je n'arrive toujours pas à y croire.

— Et dire que c'était il y a déjà un an, fit Luke à voix basse. Je me souviens de tout ça comme si c'était hier.

— Et moi je fais toujours des cauchemars, avoua Melissa. Cette lettre de Dave ne va pas arranger les choses.

Melissa revécut en quelques secondes les terrifiants événements qui s'étaient produits de l'autre côté de la rue. Elle ne put réprimer un frisson d'effroi.

Dave avait été surpris près du corps inanimé d'Erica, le coupe-papier ensanglanté dans la main. Erica avait été transportée d'urgence à l'hôpital, où l'on avait réussi à la sauver. Bien entendu, Dave avait été aussitôt arrêté et incarcéré.

Mais l'enquête n'avait pu aboutir à l'inculpation de Dave pour le meurtre de Josie. Aucune preuve. Quant à Erica, elle n'avait pas porté plainte contre lui parce qu'elle n'avait aucune certitude sur l'identité de celui qui l'avait poignardée.

— Il faisait trop sombre, avait-elle dit aux enquêteurs. Et de toute façon, j'ai été attaquée par-derrière. Je n'ai pas vu le visage de mon agresseur.

Que faisait-elle chez elle à ce moment-là ?

Elle était encore sous le choc de la mort brutale de sa sœur, et se sentait trop bouleversée pour assister à son enterrement. Elle était donc restée à la maison avec Rachel.

Elle avait entendu des bruits étranges dans l'interphone, et appelé immédiatement la police. C'est ensuite, alors qu'elle s'aventurait dans le couloir obscur, qu'elle avait été poignardée dans le dos.

Dave avait affirmé à la police qu'il n'y était absolument pour rien. Il répétait inlassablement qu'il n'avait fait que trébucher sur le corps d'Erica tandis qu'il se dirigeait vers l'escalier. Elle baignait déjà dans son sang. Terrifié, paniqué, il s'était baissé et avait ramassé le coupe-papier sans réfléchir. C'est à ce moment-là que les policiers avaient surgi.

Dave avait juré qu'il était innocent, sans jamais fléchir, et après des semaines d'enquête acharnée, ils avaient dû le relâcher. Ils n'avaient aucun témoin, aucune preuve contre lui.

Pauvre Dave, pensa Melissa en revoyant son visage livide et ses yeux fiévreux, quand il avait essayé de lui expliquer tout ça.

Désormais, il ne pouvait plus reprendre une vie normale. Beaucoup trop de gens à Shadyside, et même parmi ses propres amis, le considéraient comme un assassin.

Il faut dire que rien ne plaidait en sa faveur. D'abord, l'incident du contrôle de maths. Puis le meurtre de Josie, pour lequel il n'avait pas réellement d'alibi. Son entrée par effraction dans la maison des McClain, qu'il ne pouvait pas nier. Et enfin, l'agression contre Erica, affaire dans laquelle il faisait tout de même un coupable tout désigné.

Pour le préserver d'éventuelles représailles, ses parents avaient décidé de déménager et de l'inscrire dans une pension. Dave était parti, mais les rumeurs sur son compte continuaient à aller bon train.

Melissa détestait la manière dont on parlait de Dave au lycée. Comment pouvaient-ils être tous si sûrs qu'il était coupable ? Pourquoi cette sorte de plaisir cruel à s'acharner sur lui, à crier vengeance ?

Selon certains, il n'y avait pas le moindre doute. Dave avait complètement perdu la boule et avait tué Josie parce qu'il avait été exclu de l'équipe de lutte par sa faute.

Puis il s'était introduit chez les McClain pour récupérer les cartes menaçantes qu'il lui avait envoyées. Erica l'avait surpris. C'est pourquoi il avait essayé de la tuer elle aussi.

Pour bon nombre de gens, il ne fallait pas chercher plus loin.

Et Melissa, qu'en pensait-elle ?

A vrai dire, elle n'en savait rien. Pourtant, elle connaissait bien Dave. Ils étaient sortis ensemble pendant pas mal de temps. Il lui faisait confiance. Il lui avait toujours parlé librement, sans rien lui cacher.

Melissa le savait, Dave n'était pas un calme. Il était du genre impulsif et pouvait entrer dans des colères noires. En tout cas, en envoyant ces cartes horribles il avait fait un geste irréfléchi et stupide dont les conséquences avaient été énormes.

Mais ça ne faisait pas de lui un assassin. Melissa le connaissait par cœur. Dave n'était pas un assassin. Non.

Luke traversa la pièce et vint prendre Melissa dans ses bras, sans rien dire. Son pull de grosse laine lui grattait la joue.

— Et nous voilà un an plus tard, fit Melissa d'une voix songeuse. Et il reste toujours autant de questions sans réponses.

— Il faudrait qu'on essaie de tirer un trait là-dessus, tu sais.

— Mais comment ? demanda-t-elle en fronçant les sourcils. Tu peux oublier, toi ?

— Je ne sais pas, non, fit-il en s'écartant d'elle et en haussant les épaules. Je... je pense toujours beaucoup à Rachel.

De l'autre côté de la fenêtre, les nuages continuaient à s'amonceler au-dessus des toits. Sur le tapis, les ombres s'allongeaient imperceptiblement. Melissa regarda Luke droit dans les yeux.

— Je sais que ça a été très dur pour toi, dit-elle d'une voix douce. Quand il a fallu arrêter d'aller lui rendre visite, je veux dire.

— Ça a été encore plus difficile pour Rachel, fit-il d'un air grave. Erica m'a raconté qu'elle avait fait une rechute, après mon départ. Mais... mais qu'est-ce que je pouvais faire d'autre, Melissa ? Il fallait bien que je pense un peu à vivre aussi pour moi, non ?

Il passa près de la jeune fille en évitant de croiser son regard, et s'appuya contre la fenêtre.

— Je ne sais pas ce que j'avais en tête à ce moment-là, dit-il à mi-voix, en s'adressant autant à Melissa qu'à lui-même. Je veux dire, j'allais là-bas absolument tous les jours. Je devais penser que ma présence l'aidait à remonter la pente peu à peu. Tu parles... Il m'a fallu pas mal de temps avant de comprendre qu'elle ne redeviendrait jamais comme avant.

Melissa resta silencieuse. La chambre était à présent plongée dans la pénombre. Une portière de voiture claqua quelque part dans la rue.

— Je suis devenue assez amie avec Erica, finit-elle par dire. Je vais rendre visite à Rachel au moins une fois par semaine. Je reste souvent pour discuter un peu avec Erica. Je... j'ai de la peine pour elle, tu sais.

— Comment ça ? demanda doucement Luke en se retournant vers elle.

— Eh bien... Il lui a fallu beaucoup de temps pour se remettre de cette blessure, c'était assez grave. En plus, elle se sent horriblement seule, maintenant. Et comme les McClain ne peuvent toujours pas s'offrir les services d'une infirmière à temps complet pour Rachel...

— Et si on changeait de sujet ? proposa Luke avec un sourire triste.

— Ouais, bonne idée, approuva-t-elle aussitôt. Tout ça, c'est du passé.

Elle traversa la chambre jusqu'à son bureau et s'empara de la pile de courrier qu'elle avait monté distraitement en arrivant.

— Tu as entendu parler de la fête qu'ils organisent à Fear Lake, pour la Saint-Valentin ? demanda Luke. Une fête sur glace.

— En patins à glace ? demanda-t-elle, concentrée sur les enveloppes.

— Non, en patins à roulettes sur glace, plaisanta Luke en levant les yeux au plafond.

— Hein ? Excuse-moi, je n'écoutais pas, avoua-t-elle. Qu'est-ce que tu disais ? Du patin à roulettes sur glace ?

— Il fait beau, là-haut, dans les nuages ? Il y a une fête en patins à glace, sur Fear Lake, pour la Saint-Valentin. Ça te dirait d'y aller ?

— Euh... Ouais, bien sûr. Super. Mais bon... Je suis vraiment nulle en patinage, tu sais, en général je passe plus de temps sur les fesses que debout.

— Pas de problème, je te donnerai quelques cours particuliers.

Il la vit fixer à nouveau son attention sur le courrier, et y jeta un coup d'œil à son tour.

— Tiens, qu'est-ce que c'est que ça ? demanda-t-il. Une lettre pour toi ?

— Ça a l'air d'être une carte. Et c'est pour moi, oui, dit-elle avec un grand sourire, en ouvrant l'enveloppe. C'est pour la Saint-Valentin, je parie. Tu ne t'y prends pas un peu tôt, là, Luke ?

— C'est pas moi qui t'ai envoyé ça.

Il vint se placer derrière elle pour lire par-dessus son épaule. Un gros bouquet de fleurs multicolores ornait la carte. Melissa l'ouvrit et lut le message écrit à la main. Elle laissa échapper un cri d'effroi.

Je tiens en main
La clé de ta vie.
A la Saint-Valentin,
Tu seras morte aussi.

21

La disparition

Erica regardait Rachel dans le miroir de la coiffeuse tandis qu'elle coiffait ses longs cheveux.

Le radiateur fixé au mur soufflait bruyamment de l'air

chaud. Hormis le bruissement de la brosse sur les cheveux de Rachel, c'était le seul bruit qui venait troubler l'atmosphère ouatée de la chambre.

Elle est si jolie, se dit Erica. Je me demande si elle restera toujours aussi belle. Si ses traits resteront toujours aussi jeunes que son esprit.

En baissant les yeux, elle se rendit compte que Rachel serrait fortement quelque chose dans ses mains.

— Rachel, qu'est-ce que tu tiens dans tes mains ?

Rachel lui montra un petit ours en peluche qu'Erica reconnut aussitôt. C'était celui que Luke lui avait offert un an plus tôt. Erica soupira. Elle tourna les yeux vers le petit calendrier fixé au-dessus de la coiffeuse de Rachel, et s'aperçut que la Saint-Valentin approchait.

Elle se remit à brosser les cheveux de sa sœur un peu plus vigoureusement en essayant de ne penser à rien d'autre.

— On n'est plus que toutes les deux, maintenant, Rachel, ne put-elle pourtant s'empêcher de remarquer à voix haute.

— Quoi ? fit Rachel d'une voix étonnamment froide, presque irritée. Qu'est-ce que tu as dit ?

— Non, rien.

— Est-ce que Luke va venir ?

La question surprit tant Erica qu'elle mit quelques instants à répondre. Rachel n'avait pas prononcé le nom de Luke depuis plusieurs semaines.

— Est-ce que Luke va venir ? répéta la jeune fille impatiemment.

— Non, Rachel. Luke ne viendra plus ici. Je t'avais expliqué, tu te rappelles ? Luke est avec Melissa, maintenant.

— Je déteste Melissa ! s'écria Rachel en repoussant violemment la brosse, qui échappa des mains d'Erica et tomba sur le sol.

— Rachel, allons, fit Erica en la ramassant, calme-toi. Tu sais qu'il ne faut pas que tu t'énerves comme ça.

— Je déteste Melissa ! Je déteste Melissa ! Je *déteste* Melissa ! criait Rachel, de plus en plus fort.

— Rachel, s'il te plaît ! Ne te mets pas dans des états pareils.

— Je déteste Melissa ! Je déteste Melissa !

Erica poussa un cri en voyant sa sœur écarteler, rageusement, le petit ours en peluche, et lui ouvrir le ventre.

— Je déteste Melissa ! continuait-elle à hurler en le vidant furieusement de toute sa bourre.

— Arrête !

Erica arracha l'ours en peluche des mains de Rachel. Elle s'était arrêtée de crier, mais son visage était encore déformé par la colère.

— On se calme, maintenant, fit Erica de la voix la plus douce possible. Je vais continuer à te brosser les cheveux. O.K. ?

— Je déteste Melissa et je déteste Luke.

Elle semblait reprendre un peu ses esprits — en même temps que son souffle.

— Non, Rachel. Ce n'est pas bien de détester les gens comme ça. Il faut que tu...

A cet instant, le téléphone sonna.

— Je reviens tout de suite, dit Erica en se dirigeant vers la porte. Tu ne bouges pas, hein ?

Rachel ne répondit pas. Elle continuait à se regarder dans le miroir, comme fascinée par sa propre image.

Erica se précipita pour aller décrocher le téléphone le plus proche, qui se trouvait dans sa chambre.

— Allô ? dit-elle d'une voix essoufflée.

— Salut, Erica. C'est moi, Steve.

Stupéfaite, Erica ne put articuler un mot.

Steve Barron ? Qui l'appelait, *elle* ?

Qu'est-ce qui pouvait bien pousser Steve à lui téléphoner ? Erica lui avait à peine adressé la parole depuis la mort de Josie.

— J'imagine que tu es assez surprise de m'entendre, poursuivit Steve, comme s'il lisait dans les pensées d'Erica.

— Euh, oui. Comment... comment tu vas ? bredouilla-t-elle.

— Ça va. A peu près. Je... Comment te dire ça ? Je pensais à toi. Je t'ai aperçue au lycée, l'autre jour. A la cafétéria. Et bon, je...

Pourquoi a-t-il l'air si nerveux? se demanda Erica en l'entendant bafouiller. Pourtant, quand il était avec Josie, il paraissait toujours parfaitement à l'aise.

— Il y a une fête en patins à glace sur Fear Lake pour la Saint-Valentin, annonça-t-il d'un trait. Je me disais que tu accepterais peut-être de, euh, d'y aller avec moi.

Erica n'en croyait pas ses oreilles.

Elle sentit ses jambes trembler et son cœur faire des bonds dans sa poitrine.

C'est vraiment *bizarre* ! se dit-elle.

Steve Barron me demande de sortir avec lui. Moi ! Il va entrer à l'Université l'année prochaine, moi je suis encore en première. Incroyable. Avant la mort de Josie, c'est tout juste s'il savait que j'existais.

— Ouais, bien sûr ! répondit-elle sans y croire.

— Super, fit-il, l'air soulagé. Le lac est presque entièrement gelé, on pourra...

— Oh, attends. Non... grommela-t-elle, dépitée. Je ne peux pas venir avec toi, Steve.

— Pourquoi ?

— C'est dimanche, hein ? Je ne peux pas sortir dimanche soir. Mes parents ne seront pas là. Je leur ai promis de rester à la maison pour m'occuper de Rachel.

Il y eut un long silence à l'autre bout du fil.

— Bon, si tu ne peux pas faire autrement. Mais tu sais, Erica, ajouta-t-il d'un ton grave, il faut que tu penses à vivre aussi un peu pour toi.

— Tu crois que je ne me répète pas ça vingt fois par jour ? dit-elle amèrement.

— Mais ça ne suffit pas, de se le dire. Je suis sérieux, tu sais. Tu ne peux pas passer ta vie entière à... Tu vois ce que je veux dire, quoi. Pense à toi.

— Je ne demande pas mieux, moi. Mais comment veux-tu que je fasse ?

— Ça va être une super fête, tu sais, dit-il comme s'il avait oublié qu'elle avait dit non. Tu aimes faire du patin à glace ?

— Ouais, mais ça fait bien longtemps que j'ai pas mis les pieds dans une patinoire...

— Tu ne peux vraiment pas trouver quelqu'un pour te remplacer auprès de Rachel ?

— Je ne crois pas, non. Je suis désolée, Steve.

Elle ne parvenait pas à deviner si Steve était ennuyé ou s'il était furieux. Comme il gardait le silence, elle ajouta :

— Une autre fois, peut-être, non ?

— Ouais, dit-il sèchement. Allez, prends bien soin de toi, ciao.

Il raccrocha avant qu'elle ait pu prononcer un mot.

C'est étrange, quand même, se dit Erica. Je finissais par me demander si Steve savait que j'étais encore en vie. Pour lui, je n'ai jamais rien été d'autre que la petite sœur de Josie.

Elle se sentit submergée par une vague de tristesse. Ces années de lycée devraient être des années merveilleuses. Et je passe le plus clair de mon temps dans cette vieille baraque sinistre, enfermée avec Rachel. J'ai perdu tous mes amis. Pas un seul garçon ne s'intéresse à moi. Je ne peux jamais sortir, je ne peux jamais rien faire. Je suis bloquée ici tous les soirs.

Se souvenant soudain qu'elle avait laissé sa sœur seule, elle fit demi-tour et repassa par le couloir. En le traversant, elle ressentit une douleur au côté, à l'endroit où le coupe-papier lui avait entaillé la chair.

Essayant de ne pas trop s'en soucier, elle ouvrit la porte de la chambre de Rachel.

— Rachel ?

Pas de réponse.

Elle sentit les battements de son cœur s'accélérer : la chaise qui faisait face à la coiffeuse était vide.

— Rachel ?

Le silence régnait.

— Hé, Rachel ? Si tu te caches, c'est pas drôle ! dit-elle d'une voix tremblante. Rachel ? Où es-tu ? Je t'avais demandé de ne pas bouger !

Se sentant gagnée par la panique, Erica se précipita hors de la chambre et courut vers l'escalier. Elle descendit les marches quatre à quatre.

— Rachel ?

Toujours pas de réponse.
A ce moment-là, Erica découvrit avec effroi que la porte d'entrée était grande ouverte.

22

Dave est de nouveau mis en cause

— Rachel ? Rachel ?
La première stupeur passée, Erica fonça dehors.
Mais qu'est-ce qu'elle a, en ce moment ? se demanda-t-elle, furieuse. Elle *sait* qu'il lui est formellement interdit de sortir toute seule. Pourquoi est-elle si *bizarre*, aujourd'hui ?
— Rachel ? Rachel ?
Le vent tourbillonnant faisait danser les feuilles mortes sur la pelouse. Le ciel était presque aussi sombre qu'en pleine nuit.
— Rachel ? Tu es sortie ? Où es-tu ?
De l'autre côté de la rue, Erica aperçut la voiture de Luke garée dans l'allée qui menait chez Melissa. Elle sentit une nouvelle fois cette douleur dans son flanc droit et frissonna.
— Rachel ? Il va y avoir de l'orage, il faut que tu rentres tout de suite !
Où est-elle ? Est-ce que je vais être obligée d'appeler la police ?
Non.
La tête de Rachel venait d'apparaître derrière le tronc noueux d'un vieil érable.
— Salut, Erica.
Elle fit un petit pas sur le côté pour sortir de sa cachette, un sourire ravi aux lèvres.
— Rachel ! s'exclama Erica, hors d'elle. Qu'est-ce que tu fabriques ici ? Tu peux me le dire ?
Rachel s'approcha de sa sœur, d'une démarche lente et souple, ses longs cheveux flottant derrière elle dans le vent.

— Je t'ai fait peur, Erica? demanda-t-elle avec un sourire plus radieux encore.

— Hein? fit Erica en fixant sa sœur, surprise par l'étrange expression de son visage et la lueur d'excitation qui brillait dans ses yeux.

— Je t'ai fait peur? Je t'ai fait *vraiment* peur?

Erica sentit une boule se former au creux de son estomac. Elle frissonna de nouveau. De peur, face à la joie diabolique qui illuminait le visage de Rachel.

— Je t'ai fait peur, Erica?

Erica posa un bras sur les épaules de Rachel et la guida doucement vers la maison. Dès qu'elles furent dans le vestibule, Rachel éclata de rire. Un rire sinistre, un rire effrayant.

Qu'est-ce que tu sais, Rachel? se demandait Erica en fixant sa sœur. Tu en sais beaucoup plus qu'on ne croit? Tu sais quelque chose que tout le monde ignore?

— Regarde ça, dit Melissa. Lis celle-là.

Elle tendit la carte à Luke d'une main tremblante. C'était le lundi après-midi, après les cours. Melissa venait à peine de rentrer chez elle, et de lire la nouvelle carte de Saint-Valentin lorsqu'elle avait entendu la voiture de Luke se garer dans l'allée.

A présent, il fixait la carte qu'elle venait de lui donner.

Dis-toi que tu n'y peux rien,
Et prépare-toi à mourir.
Le jour de la Saint-Valentin,
Tu rendras ton dernier soupir.

Luke relut le texte plusieurs fois, les yeux plissés, comme s'il analysait chaque mot. Puis il rendit la carte à Melissa, l'air grave et inquiet.

— J'ai peur, avoua-t-elle d'une petite voix.

— Il y a des chances pour que ce ne soit qu'une mauvaise blague, dit-il en ôtant son manteau et son écharpe.

— Pour Josie, ce n'était pas une blague, répliqua-t-elle.

Il suivit Melissa dans la cuisine.
— Tu veux un chocolat chaud ? demanda-t-elle.
Elle se mordit la lèvre inférieure pour ne pas fondre en larmes, et alla chercher du lait dans le réfrigérateur.
— Tu devrais peut-être appeler la police, suggéra-t-il en fourrant les mains dans les poches de son jean noir.
— Peut-être, oui, murmura-t-elle en versant du lait dans une casserole.
— Tu as montré les cartes à tes parents ?
Il s'approcha d'elle. Melissa hocha la tête avant de répondre :
— Oui... Ils disent aussi que c'est sûrement une blague. Une blague de très mauvais goût. Maman me répète sans arrêt de bien fermer à clé toutes les portes et d'appeler la police au moindre problème.
Elle posa la casserole sur la plaque électrique et tourna le bouton. Puis elle pivota vers Luke, et se dressa sur la pointe des pieds pour l'embrasser.
— Joyeux anniversaire, dit-elle lorsque leurs lèvres se séparèrent après un long baiser.
— Mais c'est pas mon anniversaire...
— Et alors ? fit-elle avec un petit rire. J'ai bien le droit de faire comme si je ne le savais pas, non ?
Luke prit soudain un air très sérieux.
— Je viens d'avoir une idée, dit-il.
— Laquelle ?
— C'est à propos de ces cartes. Dave a envoyé celles de l'année dernière, non ? Celles qu'a reçues Josie ?
— Oui, bien sûr. Et alors ? Où est-ce que tu veux en venir ?
— Bon, est-ce que tu crois que c'est lui qui t'a aussi envoyé celles-ci ?
— Quoi ? fit-elle en écarquillant les yeux. Dave ? Pourquoi veux-tu qu'il fasse ça ?
— Je ne sais pas pourquoi, répondit-il calmement. Je me demande simplement s'il est l'auteur de ces poèmes. Parce qu'ils ressemblent beaucoup à ceux que Josie recevait...
— Peut-être, mais...
Elle saisit la casserole de lait qui menaçait de déborder.

— Bon, reprit-elle en sortant deux bols d'un placard, c'est quoi ton idée ?

— Tu m'as dit que tu avais reçu une lettre de Dave la semaine dernière. Tu l'as gardée ?

— Je crois que oui, dit-elle en essayant de se rappeler où elle l'avait mise. Ah, je vois ! Tu veux qu'on compare l'écriture de la lettre de Dave et celle des cartes ?

— Exactement.

— Je pense que je l'ai laissée sur mon bureau...

Elle se précipita hors de la cuisine, impatiente d'en avoir le cœur net.

Ça ne peut pas être Dave, se dit-elle. C'est impossible. Pourquoi m'enverrait-il des cartes aussi horribles, aussi haineuses ? Je ne lui ai rien fait.

Elle commençait à fouiller parmi les papiers qui encombraient son bureau lorsque le téléphone sonna. Agacée, elle décrocha d'une main nerveuse.

— Oui, allô ?

— Allô, Melissa ?

Une voix de femme. Une voix qu'elle était certaine de connaître, mais qu'elle n'arrivait pas à identifier.

— Oui ?

— Melissa, c'est Marsha Kinley. Je t'appelle de Portstown.

La mère de Dave ?

Pourquoi la mère de Dave lui téléphonait-elle ? Et pourquoi avait-elle l'air si bizarre, si... bouleversée ?

— Comment allez-vous, madame Kinley ?

— Ça va, Melissa, ça va. Est-ce que tu as vu Dave ? demanda-t-elle en essayant manifestement de contrôler sa voix pour ne pas trop laisser paraître son inquiétude.

— Dave ? Euh, non ! fit Melissa, prise au dépourvu. Dave n'est pas... ?

— Non, il a fait une fugue. Il s'est sauvé de la pension. La nuit dernière. Tu es sûre de ne pas l'avoir vu ?

— Oui, absolument sûre. Pourquoi viendrait-il ici ?

Il y eut un court silence à l'autre bout du fil, puis Mme Kinley s'éclaircit la gorge et dit :

— Il a parlé de toi récemment, Melissa. Il a beaucoup

parlé de toi. Je suis vraiment très inquiète. Je n'arrive pas à comprendre pourquoi il a fugué. J'espère qu'il ne va pas s'attirer de nouveaux ennuis.

Melissa s'aperçut qu'elle serrait le combiné si fort qu'elle en avait mal à la main.

— Et vous croyez qu'il va venir à Shadyside ?

— Je n'en sais rien, répondit Mme Kinley d'une voix étranglée. Mais si jamais tu le vois ou si tu apprends quelque chose, je t'en prie, appelle-moi.

Melissa lui promit qu'elle le ferait et raccrocha.

Elle resta un moment devant le téléphone. La voix affolée de Mme Kinley résonnait encore dans ses oreilles.

« J'espère qu'il ne va pas s'attirer de nouveaux ennuis », avait-elle dit.

J'espère aussi, songea Melissa.

Se souvenant de la raison de sa présence dans sa chambre, elle se remit à chercher la lettre de Dave. Elle finit par la retrouver et se hâta de redescendre dans la cuisine.

— C'était la mère de Dave, annonça-t-elle à Luke. Elle dit que Dave a fugué et qu'il est possible qu'il vienne par ici. Elle avait l'air vraiment paniquée, tu sais.

Melissa posa les deux cartes l'une à côté de l'autre sur la table et la lettre en dessous. Serrés l'un contre l'autre, ils comparèrent longuement les deux écritures, en silence.

— Aucun doute, finit par dire Melissa en tournant la tête vers Luke, les yeux écarquillés d'effroi. C'est bien la même écriture. C'est Dave qui m'a envoyé ces cartes.

— C'est la même écriture, oui, admit-il.

— Et maintenant, Dave a disparu, articula Melissa. Il m'a envoyé ces cartes. Et il est en route pour mettre ses menaces à exécution.

23

Un intrus

Lorsque Erica ouvrit la porte d'entrée, ses yeux s'illuminèrent.

— Melissa ! Salut !

— Tu vas bien ? demanda Melissa en s'essuyant les pieds sur le paillasson.

Erica fit un pas de côté pour la laisser passer.

— Oui, ça va, répondit Erica en scrutant le visage de Melissa, cherchant à deviner la raison de sa visite. Tu es venue voir Rachel ? Je crois qu'elle dort.

— Non, c'est toi que je suis venue voir, murmura Melissa d'une voix sombre.

— Viens, enlève ton manteau.

— Non, fit Melissa en secouant la tête. Je ne peux rester qu'une minute. C'est bientôt l'heure de dîner.

Elle jeta un coup d'œil derrière elle, par la porte encore ouverte. De l'autre côté de la rue, son père était en train de se garer.

— Alors, qu'est-ce qui t'amène ?

— Je venais juste te dire que Dave avait disparu de sa pension.

Même dans la faible lumière du vestibule, Melissa vit Erica blêmir.

— Il a disparu ? articula-t-elle. Tu veux dire qu'il s'est sauvé ?

— Oui. C'est sa mère qui m'a téléphoné.

— Mais... Il va venir ici ? demanda Erica qui, la surprise passée, se laissait maintenant gagner par l'affolement.

— Je n'en sais rien, dit Melissa en enfonçant les mains dans les poches de son manteau. Peut-être. J'ai pensé qu'il valait mieux que tu sois prévenue.

— Mais il ne peut pas faire ça !

Erica était livide, ses lèvres tremblaient, ses yeux se dilataient de peur. Les bras tendus le long de ses flancs, elle serrait les poings.

— Je suis désolée, dit Melissa sans trop savoir pourquoi elle éprouvait le besoin de s'excuser.

Elle ne s'attendait pas qu'Erica réagisse si violemment. Elle semblait vraiment terrorisée.

— J'ai toujours pensé que c'était lui le coupable, fit Erica d'une voix glaciale. Je suis sûre que c'est lui qui a tué Josie, et qui m'a agressée.

Elle jeta un bref regard vers l'escalier et le couloir où elle avait failli mourir.

— Mais tu as dit à la police que...

— Qu'est-ce que je pouvais faire d'autre ? Je n'ai rien vu. Mais j'ai toujours pensé que c'était Dave. Il y avait tellement de haine en lui. Tellement de colère. C'est lui qui a envoyé ces horribles cartes à ma sœur. Ensuite, il est entré en douce dans notre maison et...

Les mots s'étranglèrent dans sa gorge. Elle ferma les yeux et déglutit péniblement. Melissa tourna la tête vers chez elle.

— Bon, il faut que j'y aille, Erica. Je voulais juste t'avertir...

— Il revient pour finir le travail, murmura Erica en frissonnant. Je sens qu'il va faire quelque chose d'atroce.

— J'ai reçu des cartes aussi, tu sais. Avec des menaces de mort. Exactement comme celles de Josie.

Lorsqu'elle était arrivée, Melissa ne voulait pas en parler à Erica. Les mots venaient de sortir tout seuls.

— Le même genre de menaces ?

Erica dévisageait à présent sa voisine avec de grands yeux inquiets. Melissa hocha gravement la tête.

— Oui. Deux cartes, pour l'instant, chuchota-t-elle au moment où la mère d'Erica passait dans le couloir. Et elles sont écrites de la main de Dave.

— Quoi ? Mais alors ça veut dire qu'il revient pour te tuer, *toi* ?

— Je veux aller me coucher, maintenant, déclara Rachel en bâillant à s'en décrocher la mâchoire.

Erica jeta un coup d'œil au radioréveil. Il était un peu

plus de vingt heures trente. L'heure pour elle d'aller faire ses devoirs.

Elle attendit que Rachel se soit glissée sous ses couvertures, lui souhaita bonne nuit, puis éteignit la lumière. Ensuite, elle descendit voir si sa mère avait besoin d'elle.

Mme McClain s'apprêtait à sortir.

— Ta tante Beth m'a demandé de passer la voir. Elle veut me montrer quelques échantillons de tissu. Je ne resterai pas longtemps.

— D'accord, fit Erica. Pas de problème. Rachel est déjà couchée.

— J'ai une bonne nouvelle, Erica, fit sa mère en saisissant ses clés de voiture. Ton père rentre demain. Et pour une fois, il va rester quelque temps avec nous.

— Génial ! J'ai hâte de le voir. Je me rappelle à peine à quoi il ressemble.

— Moi aussi, fit Mme McClain en se dirigeant vers la porte. Je crois qu'il est assez grand. Ou non, plutôt petit. Je ne sais plus.

Elles rirent ensemble, puis Mme McClain envoya un baiser à sa fille et sortit.

Une heure plus tard, Erica, entourée de livres, était couchée sur le ventre sur le tapis du salon, et griffonnait fébrilement sur un grand calepin.

Dehors, le vent sifflait. Brusquement les lumières du salon se mirent à clignoter.

Il ne manquerait plus que ça, se dit-elle. Une coupure de courant !

Elle leva les yeux vers le lustre, s'attendant à tout instant à le voir s'éteindre. Mais les ampoules cessèrent de clignoter. Le vent continuait à se déchaîner autour de la maison, hurlant tel un animal monstrueux.

Quelques minutes plus tard, Erica entendit d'autres bruits. Elle releva la tête.

Les bruits venaient du bureau.

On aurait dit que quelqu'un venait de se cogner contre un meuble.

Erica se mit à genoux et tendit l'oreille.

Un bruit de pas, maintenant. Le parquet qui craque.

— Qui est là ?

Silence.

— Rachel, c'est toi ? Tu es réveillée ?

Toujours pas de réponse.

— Rachel ? Réponds-moi.

Ce n'est pas Rachel, se dit-elle. Et pourtant, il y a quelqu'un. Quelqu'un est entré dans le bureau.

Tétanisée par la peur, elle se mit péniblement debout. Son cœur battait à tout rompre.

— Qui... qui est là ? bredouilla-t-elle.

En marchant sur la pointe des pieds, elle se dirigea vers le bureau. Elle s'arrêta devant la porte entrouverte, et écouta attentivement. Comme elle n'entendait plus rien, elle passa prudemment la tête dans l'entrebâillement de la porte... et poussa un cri.

24

Un autre intrus

Erica entra comme une furie dans le bureau.

— Luke, qu'est-ce que... mais qu'est-ce que tu fais ici ?

Décontenancé, Luke s'écarta du vieux bureau de chêne, le visage cramoisi.

— Salut, Erica. Je... euh...

— Qu'est-ce que tu fabriques ici ? répéta-t-elle en le foudroyant du regard.

— Je suis désolé, grogna-t-il, très mal à l'aise. J'étais juste venu... euh... déposer une carte pour Rachel. Pour la Saint-Valentin.

Il lui montra la grande enveloppe carrée qu'il avait à la main.

— Hein ? Une carte ? fit Erica en baissant les yeux vers

l'enveloppe. Mais pourquoi tu entres chez nous comme ça, enfin ?

— Je... je ne voulais pas vous déranger, expliqua-t-il, le visage toujours aussi écarlate et l'air coupable. Je veux dire... J'ai vu que tu travaillais dans le salon, tu avais l'air très occupée, et puis j'ai pensé que Rachel devait dormir. Alors j'ai préféré venir déposer ma carte discrètement.

Erica le dévisagea en essayant de lire dans ses yeux pour savoir s'il disait la vérité.

— Tu m'as fichu une trouille bleue, s'écria-t-elle.

— Je suis désolé, répéta-t-il doucement. Je ne voulais pas te faire peur.

— Tu te sens coupable ? dit-elle en croisant les bras et en plongeant ses yeux dans les siens. Hein ? Reconnais-le.

— Comment ça, coupable ?

— Ouais, fit-elle, le regard dur. Coupable envers Rachel.

— Oh, arrête, Erica, s'il te plaît...

— Tu sais ce que ça lui fait, à Rachel, que tu arrêtes du jour au lendemain de venir la voir ? Est-ce que tu imagines une seconde dans quel état ça l'a mise ? Elle était complètement effondrée !

— Je... je préfère ne pas parler de ça. Je suis très triste de ce qui arrive à Rachel, mais je suis avec Melissa, maintenant. Tiens.

Il tendit son enveloppe à Erica, sortit du bureau, traversa le couloir et quitta la maison sans se retourner.

De l'autre côté de la rue, Melissa bâillait au-dessus du plateau de Scrabble. C'était sans doute la partie de Scrabble la plus ennuyeuse depuis la création du monde.

— Papa, tu ne veux pas qu'on arrête ? supplia-t-elle. Tu as quatre cents points d'avance, c'est suffisant, non ? Je n'ai tiré que des voyelles pendant toute la soirée, et la chance n'a pas l'air de vouloir tourner.

Accoudé à la table, M. Davis émit un petit gloussement.

— Ce n'est pas à cause de ça que tu perds, grande perche. Tu perds parce que je joue, comment dire, de manière défensive. Il ne faut pas chercher à tout prix à faire des mots de sept ou huit lettres.

— Ne m'appelle pas « grande perche », grogna Melissa. Tu sais que j'ai horreur de ça. Tu veux que je t'appelle « gras double », moi ?

M. Davis releva brusquement la tête.

— Essaie donc.

Melissa poussa un soupir à fendre l'âme.

— Je ne peux pas faire le moindre mot. Je n'ai que des O et des U.

— O.K., Melissa, fit M. Davis. On arrête. De toute façon, tu as toujours été une mauvaise perdante.

Il repoussa sa chaise, se leva, et partit au salon rejoindre sa femme.

Grommelant toute seule, Melissa rangea le Scrabble en vitesse et monta dans sa chambre.

Deux heures plus tard, elle en était toujours à se tourner et à se retourner dans son lit sans parvenir à trouver le sommeil. Elle s'obligea à garder les yeux fermés et à penser à des choses agréables, rassurantes. Puis elle essaya de compter les moutons. En vain. Découragée, elle essaya de se concentrer sur le vide. Le néant.

Elle commençait enfin à glisser dans le sommeil lorsqu'elle entendit un bruit sourd contre sa fenêtre.

Elle s'assit dans son lit, tous ses sens en alerte.

Je suis en train de rêver, se dit-elle.

Non.

Il y avait quelqu'un derrière sa fenêtre. Debout sur une grosse branche.

Cette vision lui glaça le sang. La silhouette sombre derrière le carreau avait posé ses mains sur le rebord de la fenêtre.

— Qui est là ? croassa-t-elle, paralysée par la peur.

A ce moment-là, la fenêtre s'ouvrit lentement.

La silhouette se glissa dans la chambre en poussant un grognement sourd, et se laissa tomber lourdement sur la moquette.

Melissa ouvrit la bouche pour crier, mais aucun son n'en sortit.

Il s'approcha d'elle, les bras plaqués le long du corps.

Lorsqu'il arriva près de son lit, elle put enfin apercevoir son visage. Son regard était froid, ses traits durs, son expression figée.

— Dave ! s'écria Melissa d'une voix épouvantée. Dave, arrête ! Qu'est-ce que tu fais ?

25

Le vrai meurtrier

Le souffle court, Dave se tenait debout près du lit de Melissa. Elle le trouva plus maigre que dans son souvenir.

— Melissa, murmura-t-il en haletant, tu n'as pas peur de moi, quand même ?

— Tu... Si, bafouilla-t-elle, ayant enfin retrouvé sa voix.

Assise sur son lit, elle empoigna ses couvertures et les remonta sur elle.

— Alors, toi aussi, tu penses que je suis coupable, dit-il d'une voix à la fois déçue et presque menaçante.

— Non, Dave, je...

— C'est pour ça que tu as si peur, hein ? fit-il en se penchant vers elle.

— Mais non ! J'ai peur parce que tu entres dans ma chambre en pleine nuit. J'ai peur parce que tu passes par la fenêtre comme... comme un voleur !

— Désolé, fit-il avec une petite grimace ironique.

Melissa sortit prudemment de son lit et se dirigea vers son placard, sans quitter Dave des yeux. En tâtonnant, elle finit par trouver sa robe de chambre et l'enfila.

— Pourquoi tu as grimpé jusqu'ici comme ça, Dave ? Qu'est-ce que tu fabriques ? demanda-t-elle en appuyant sur l'interrupteur.

Ils clignèrent des yeux ensemble.

Dave était dans un état pitoyable. Il avait les yeux rouges, soulignés de gros cernes violacés, ses cheveux étaient gras et hirsutes, son jean et son pull crasseux.

— Depuis le début, fit-il en ignorant ses questions, je me demande si tu me crois innocent. Même chose pour Erica. Je ne sais plus. Tu m'as dit que tu me croyais. Mais franchement, je n'en suis pas si sûr.

— Si, je te crois ! dit-elle nerveusement, en se rapprochant discrètement de la porte. Tu sais bien que je te crois.

— Non. Je ne sais plus quoi penser, Melissa.

— Dave, qu'est-ce que tu fais ici, s'il te plaît ? Qu'est-ce que tu veux ?

— Rien. Je passais dans le quartier, c'est tout. Alors comme je n'avais rien d'autre à faire... dit-il en ricanant de sa petite plaisanterie.

Il s'assit sur le bord du lit.

— Cette petite escalade m'a crevé, marmonna-t-il d'un air las.

— Dave, pourquoi tu as fugué ? Ta mère m'a appelée. Elle...

— Oh non, elle a gâché mon effet de surprise !

— Elle avait l'air vraiment inquiète, tu sais.

— Tu connais ma mère... dit-il sèchement en levant les yeux au plafond.

— Dave, pourquoi ? insista Melissa. Pourquoi tu es revenu ?

— D'accord, d'accord. Je vais t'expliquer pourquoi, dit-il, soudain très sérieux. Je ne suis pas venu pour te faire peur, Melissa. Tu m'as beaucoup manqué, tu sais.

— Tu... tu m'as manqué aussi.

Elle était consciente que le ton de sa voix n'avait rien de naturel.

— Je suis au courant, pour toi et Luke, lâcha Dave d'une voix plate.

— Ah...

— Quand j'ai su, je t'avoue que ça m'a un peu surpris.

— Je me suis surprise moi-même, au début. Mais tu n'es pas venu jusqu'ici pour me parler de Luke, je suppose ?

— Non. Je suis venu parce que je crois savoir qui est le meurtrier, annonça-t-il brusquement. J'ai eu beaucoup de temps pour y penser, tu t'en doutes. Ça m'obsède jour et nuit. Je n'ai qu'une idée en tête : prouver mon innocence. Et pour ça, il n'y a qu'une solution : trouver le véritable coupable.

— C'est pour ça que tu es revenu à Shadyside ?

— C'est une bonne raison, non ?

— Mais alors, pourquoi est-ce que tu m'as envoyé ces cartes horribles, à moi aussi ? s'emporta-t-elle.

— Hein ? fit-il en bondissant sur ses pieds. Quelles cartes ? de quoi tu parles ?

— Ne fais pas l'innocent. Tu sais très bien de quoi je parle. Ces cartes de la Saint-Valentin. Exactement les mêmes que celles que tu as envoyées à Josie.

— Quoi ?

Il resta un instant silencieux, à dévisager Melissa, l'air ahuri.

— Attends, Melissa, reprit-il. Tu ne crois quand même pas que je...

— Arrête tes salades, Dave ! Ça ne prend pas. Je sais très bien que c'est toi qui me les as envoyées. C'est ton écriture.

— N'importe quoi, rétorqua-t-il en secouant la tête.

Elle le fusilla du regard mais ne répondit pas, attendant qu'il cesse sa comédie et lui avoue la vérité.

— Alors va les chercher, reprit-il. Je veux les voir.

— O.K. Voilà.

Elle prit les deux cartes sur son bureau et les lui lança.

Il les examina longuement, en les relisant plusieurs fois chacune.

Lorsqu'il eut terminé, Melissa s'aperçut que sa respiration s'était accélérée et que ses yeux étincelaient. Il semblait en proie à une vive agitation.

— Maintenant, je *sais* qui est l'assassin ! déclara-t-il triomphalement.

— Qui ?

Il ne semblait pas avoir entendu sa question. Perdu dans ses pensées, il se dirigea comme un somnambule vers la fenêtre ouverte et s'agenouilla sur le rebord pour atteindre l'arbre.

— Qui ? répéta Melissa. Qui est-ce, Dave ? Ne pars pas comme ça, dis-moi !

Sans répondre, sans même prendre la peine de lui dire au revoir, il sauta sur la branche et descendit le long du tronc.

— Qui est-ce ? cria Melissa en se penchant à la fenêtre. Qui ? Dave !

Mais il avait déjà disparu dans la nuit.

26

De longs cheveux roux

— Où est Erica ? demanda Rachel.

Melissa la prit par la main et la guida dans l'allée.

— Erica est à l'école. Elle répète une pièce de théâtre. Alors elle m'a demandé de m'occuper un peu de toi pendant ce temps.

— Moi aussi, je vais à l'école, dit Rachel avec un sourire de petite fille fière.

— Oui, je sais. Tu as vu comme il fait beau ? demanda Melissa sans lui lâcher la main. Ce serait une bonne idée d'aller faire une petite promenade, non ?

— Je suis très forte, à l'école, tu sais.

Le soleil de cette fin d'après-midi, encore haut dans le ciel, réchauffait agréablement les deux jeunes filles.

Soudain, sans que rien l'ait laissé prévoir, Rachel ôta sèchement sa main de celle de Melissa.

— Je sais marcher toute seule, dit-elle froidement. Je peux très bien sortir toute seule !

Melissa lui sourit pour essayer de masquer sa surprise.

— C'est vrai ? dit-elle en faisant mine de s'intéresser à cette révélation. Et tu sors souvent toute seule ?

Rachel resta silencieuse. Elles quittèrent l'allée de la maison et tournèrent à droite dans Fear Street. On entendait au loin les cris joyeux d'un groupe d'enfants.

— Si je veux, oui, déclara soudain Rachel. Si je veux, je *peux* sortir toute seule.

— C'est bien, ça.

Melissa se sentit soudain envahie par une vague de tristesse. Pauvre Rachel, pensa-t-elle. C'était pourtant une fille intelligente, drôle.

Elle était toujours aussi jolie, bien sûr. Et pourtant, il manquait désormais quelque chose derrière l'écran de ses yeux. Plus le temps passait, plus elle avait l'air d'une gamine rêveuse.

— Oh ! regarde ! s'écria soudain Rachel.

— Hé, attends !

Sans l'écouter, Rachel fila vers un énorme tas de feuilles mortes. En riant de plaisir, elle plongea littéralement dedans et se mit à battre des bras comme pour nager.

Melissa ne put s'empêcher d'éclater de rire. Rachel semblait passer un merveilleux moment.

C'était si triste, si tragique et si touchant à la fois.

— Hé, Rachel... Fais-moi de la place ! s'écria Melissa.

Elles s'engagèrent dans une bataille de feuilles mortes, poussant des cris hystériques.

Environ une demi-heure plus tard, Melissa et Rachel étaient dans le petit jardin des McClain et jouaient à se lancer une grosse balle de mousse, lorsque Erica revint du lycée.

— Salut, les filles ! dit Erica, étonnée de les trouver dehors. Ça va ?

— Oui, on a passé un bon après-midi, dit Melissa avec un grand sourire.

— Tu sais qu'il faut faire très attention à elle quand elle est dehors, hein...

— Nan ! Je peux sortir toute seule !

— Oh non, tu ne peux pas, gronda Erica. Si tu veux sortir,

tu dois demander à quelqu'un de t'accompagner. Tu te rappelles ce que je t'ai dit l'autre jour ?

Rachel se renfrogna et ne répondit pas. Elle laissa tomber la balle sur la pelouse et donna un grand coup de pied dedans.

— C'est vraiment sympa de ta part de l'avoir gardée, dit Erica à Melissa. J'espère qu'elle ne t'a pas causé trop de problèmes.

— Non, au contraire, ça s'est très bien passé. Au fait, tu sais quoi ? J'ai vu Dave, hier soir.

Erica devint blême au seul nom du jeune homme.

— Qu'est-ce qu'il t'a dit ? Qu'est-ce qu'il voulait ?

— Il a dit qu'il savait qui avait tué Josie. Il est revenu pour prouver son innocence.

— Mais... qui ? demanda avidement Erica. Qui a tué Josie ? Qui ? Qui m'a poignardée ?

— Il n'a pas voulu me le dire, fit Melissa en fronçant les sourcils.

Soudain, Rachel éclata d'un grand rire moqueur.

— Quelqu'un déteste Erica, chantonna-t-elle.

Comme elle l'avait fait un an plus tôt pour Josie, elle se mit alors à répéter inlassablement cette phrase.

— Allez, dit Erica en posant doucement un bras sur les épaules minces de sa sœur. On rentre, d'accord ? Dis au revoir à Melissa.

Melissa leur fit un signe de la main et s'éloigna en trottinant. Le soleil n'était plus qu'une grosse boule rouge à l'horizon.

Peu après vingt-trois heures ce soir-là, Melissa était en train de faire ses devoirs dans sa chambre. Accoudée à son bureau, elle faisait de gros efforts pour se concentrer.

Elle bâilla et se redressa en étirant ses bras au-dessus de sa tête.

C'est à ce moment qu'elle entendit des bruits dehors.

D'abord un bruit sourd. Puis des pas, quelqu'un qui court. Et le fracas métallique d'une poubelle que l'on renverse.

Elle se leva d'un bond et se précipita vers la fenêtre.

C'est encore Dave ?
Ce fut sa première pensée.
Est-ce qu'il est tombé de l'arbre ?
Cette nuit de février était si douce qu'elle avait laissé la fenêtre ouverte. Le cœur battant, elle se pencha et aperçut quelqu'un qui s'enfuyait dans l'allée. Une fille avec de longs cheveux roux qui flottaient derrière elle.

27

« Pas Luke ! »

— C'est pas possible, murmura Melissa en scrutant l'obscurité.
Elle entendit une voiture démarrer en trombe.
Je viens de voir Rachel, se dit-elle, incrédule. Je viens de voir Rachel courir dans l'allée.
Non, c'est impossible.
Et cette voiture ? Est-ce que Rachel est montée dedans ? Rachel ne peut pas conduire.
Et même si elle pouvait, qu'est-ce qu'elle ferait dans cette voiture ? Elle habite de l'autre côté de la rue.
Déconcertée, l'esprit confus, Melissa s'écarta de la fenêtre. Elle entendit du bruit à l'étage ; ses parents étaient réveillés. Les pas de son père résonnèrent dans le couloir.
— Melissa, tout va bien ?
Comme elle ne répondait pas immédiatement, il ouvrit la porte. Dans la lumière vive du couloir, elle vit son père en pyjama, les cheveux ébouriffés, une lueur d'inquiétude dans le regard.
— Ça va ? demanda-t-il. J'ai entendu un rôdeur. Je viens d'appeler la police.
— Oui, je... je l'ai entendu aussi.
Elle s'apprêtait à lui dire qu'elle avait vu Rachel courir

dans l'allée mais il avait déjà tourné les talons et descendait au rez-de-chaussée.

Melissa sortit à sa suite et faillit se cogner contre sa mère.

— Ton père a appelé la police, lui dit celle-ci, les sourcils froncés.

Elles se dépêchèrent de descendre à leur tour. M. Davis avait allumé toutes les lumières de la maison.

— Les portes sont verrouillées, leur dit-il, perplexe. Apparemment, personne n'est entré.

— Mais alors qu'est-ce que... commença Mme Davis en suivant son mari dans la cuisine.

Par la fenêtre, le père de Melissa examinait le garage et le jardin.

— Tout a l'air normal. La porte du garage est fermée.

— C'est vraiment bizarre, murmura Mme Davis.

— J'ai vu Rachel McClain dans l'allée.

Les parents de Melissa se retournèrent ensemble et la fixèrent d'un air ahuri.

— Qu'est-ce que tu viens de dire ? demanda M. Davis en se grattant le sommet du crâne.

— J'ai vu Rachel. Elle courait dans l'allée, vers la rue, comme si elle se sauvait.

— Mais tu sais bien que c'est impossible, voyons, fit sa mère.

M. Davis s'approcha de sa femme et posa un bras sur ses épaules.

— Tu as dû rêver, dit-il à Melissa en lui lançant un regard sévère.

— Je l'ai vue, je vous jure ! J'ai entendu du bruit devant la maison. Alors j'ai couru à la fenêtre et...

— Mais enfin, Melissa, tu sais bien que Rachel n'a pas le droit de sortir seule, répliqua sa mère. Elle en est d'ailleurs incapable.

— Et puis qu'est-ce qu'elle viendrait faire chez nous ? ajouta M. Davis en secouant la tête. Ne dis pas de bêtises, Melissa.

De colère, la jeune fille donna un violent coup de poing sur la table de la cuisine.

— Je ne suis pas *folle*, quand même ! cria-t-elle. Je vous dis que j'ai vu Rachel dehors !

Ils n'eurent pas l'occasion de discuter plus longtemps. Un coup sec à la porte d'entrée les fit sursauter.

Melissa s'approcha de la porte la première.

— Qui est là ? demanda-t-elle d'une petite voix.

— Police, répondit une voix grave de l'autre côté de la porte.

Melissa ouvrit, et se retrouva face à deux inspecteurs : l'un, corpulent, chauve et ventripotent, avec un énorme nez vérolé, l'autre jeune et blond.

Melissa s'écarta et les deux policiers pénétrèrent dans le vestibule.

— Je vous ai appelés parce que... commença M. Davis en s'avançant vers eux.

— Quand avez-vous découvert le corps ? demanda le plus âgé des inspecteurs sans le laisser terminer.

— Pardon ? fit le père de Melissa, déconcerté.

— Quand avez-vous découvert le corps ? répéta l'inspecteur patiemment.

— Quel corps ? demanda Mme Davis, aussi stupéfaite que son mari.

— Le corps de l'adolescent que nous venons de trouver dans votre allée.

— *Non !* hurla Melissa à pleins poumons.

Non ! Pas Luke ! Je vous en supplie, ne me dites pas que c'est Luke !

28

Rachel ?

Erica bâilla en remontant les couvertures sous son menton. Elle jeta un œil sur son radioréveil et s'installa plus confortablement au fond de son lit. Les draps étaient encore froids. Elle savait qu'elle n'allait avoir aucun problème pour s'endormir.

D'ailleurs, elle commençait déjà à somnoler lorsqu'elle entendit grésiller l'interphone de sa chambre. Elle sursauta et s'assit dans son lit, les sens en alerte.

— Erica ? Erica ?

La voix de Rachel rompit le silence.

Elle a l'air bien réveillée, se dit Erica. Qu'est-ce qu'elle fait debout à une heure pareille ?

— Erica, s'il te plaît, viens me brosser les cheveux.

Elle n'a aucune idée de l'heure qu'il est ou quoi ? se demanda Erica en levant les yeux au plafond, exaspérée.

Mais non, bien sûr, elle n'en a aucune idée.

— Viens me brosser les cheveux, Erica, s'il te plaît.

Erica sortit de son lit en grommelant :

— J'arrive, Rachel, j'arrive.

Elle traversa le couloir en bâillant jusqu'à la chambre de sa sœur. Rachel était assise sur son lit, sa lampe de chevet allumée. Elle sourit lorsque Erica entra.

— Tu me brosses les cheveux ?

— Rachel, il est très tard, tu sais, fit Erica.

— J'ai pas sommeil.

— Peut-être, mais moi si.

— Brosse-moi les cheveux. Juste un peu.

Erica poussa un long soupir mais prit tout de même la brosse et se mit à genoux sur le lit derrière sa sœur.

— Pourquoi tu n'as pas sommeil ? demanda-t-elle en commençant à la coiffer doucement.

— Je ne sais pas. Parce que c'est comme ça. Je suis complètement réveillée.

— Tu es peut-être complètement réveillée maintenant, mais demain tu vas être épuisée.

Elle était si fatiguée elle-même qu'elle avait du mal à soulever la brosse.

A ce moment, on sonna à la porte d'entrée.

— Qu'est-ce que c'est que ça ? s'écria Erica en suspendant son geste.

— Encore ! exigea Rachel. Coiffe-moi encore.

— Attends, je reviens. Il y a quelqu'un à la porte.
— Dépêche-toi ! ordonna Rachel.
La mère d'Erica se tenait déjà près de la porte. Elle avait enfilé un gros pull sur sa chemise de nuit.
— Qui cela peut-il être, à cette heure ? demanda-t-elle à mi-voix, la main sur la poignée.
Erica haussa les épaules.
— Rachel est réveillée, annonça-t-elle. C'est une drôle de nuit, hein ?
— Oh !
Mme McClain ne put retenir un cri de surprise lorsque, ouvrant la porte, elle découvrit deux policiers sur le seuil.
— Madame McClain ? demanda le plus âgé.
— Oui ?
La surprise qu'elle avait éprouvée en les voyant se changea immédiatement en crainte. Qu'était-il encore arrivé ?
— Nous aimerions parler à votre fille.
— Elle est ici, fit Mme McClain en tournant des yeux interloqués vers Erica.
Elle fit signe aux deux hommes d'entrer. Ils ôtèrent leurs casquettes dès qu'ils furent à l'intérieur.
— Vous êtes Rachel McClain, mademoiselle ?
— Hein ? Ah non... Rachel est ma sœur, dit-elle en faisant un geste vague vers l'escalier.
— Alors nous aimerions parler à votre sœur, dit calmement l'inspecteur en levant les yeux vers l'étage.
— Mais... pourquoi ? demanda Mme McClain.
— Eh bien...
Le policier parut hésiter et jeta un coup d'œil à son collègue. Celui-ci se redressa, s'éclaircit la gorge, mais ne put prononcer le moindre mot.
— Voilà, reprit le plus âgé, nous aimerions entendre Rachel au sujet d'un meurtre qui a été commis ce soir sur la personne d'un jeune homme du nom de...
Il consulta un petit calepin avant de déclarer :
— ... Dave Kinley.
— Dave ? s'écria Erica. Il est mort ? Comment ? Non, ce n'est pas possible !

Elle couvrit son visage à deux mains et recula en trébuchant pour aller s'asseoir sur la première marche de l'escalier.

— Ça va, mademoiselle ? demanda le plus jeune policier en s'approchant d'elle.

— Dave ? répéta-t-elle d'une voix horrifiée. Dave est *mort* ?

— Je suis désolé, fit le plus âgé. Je ne voulais pas vous causer un tel choc. Je ne savais pas que vous le connaissiez, je suis désolé.

— C'est affreux, murmura Mme McClain en secouant la tête. C'est vraiment affreux.

Erica était effondrée sur la première marche, la tête toujours enfouie dans les mains.

— Comment... comment c'est arrivé ? balbutia-t-elle.

— Nous l'avons trouvé de l'autre côté de la rue. Dans l'allée des Davis. Juste devant leur porche, répondit-il. La victime a été poignardée. D'après nos premières observations, la mort est très récente. Une équipe d'enquêteurs est en route.

— Poignardé ? s'écria Erica, épouvantée, en relevant brusquement la tête. Poignardé ? Comme ma sœur Josie ? Comme moi ?

Sa mère se pencha vers elle et posa les mains sur ses épaules pour essayer de la calmer.

— Nous serait-il possible de parler à votre fille Rachel ? demanda de nouveau le plus jeune des deux inspecteurs à Mme McClain.

— Rachel ? Pourquoi Rachel ?

Elle avait tourné la tête vers eux mais ne lâchait pas sa fille qui tremblait de tous ses membres.

— Une personne dont le signalement correspond à celui de votre fille a été aperçue dans l'allée des Davis au moment du crime.

— C'est impossible ! s'exclama Erica.

Le visage de Mme McClain se durcit. Elle serra les dents et décocha un regard indigné aux policiers.

— Vous faites erreur, dit-elle. Ma fille ne peut pas être la personne que vous recherchez.

— Nous devons la voir, dit l'inspecteur en soutenant son regard. Ne serait-ce qu'une minute.

— Il y a un an et demi, ma fille a eu un accident, messieurs. Son cerveau a été... endommagé. Elle ne peut plus quitter cette maison seule. Elle doit être constamment surveillée.

— Je suis désolé d'insister, dit le policier le plus âgé d'une voix douce. Mais nous devons parler à Rachel. Nous serons très brefs, ne vous en faites pas. Pouvez-vous la réveiller, s'il vous plaît ?

— Elle est réveillée, intervint Erica en se redressant.

— Vous perdez votre temps, messieurs. Rachel n'est pas sortie de cette maison. Je peux vous l'assurer. De toute façon, elle serait incapable de poignarder qui que ce soit.

— Nous ne mettons pas votre parole en doute, assura l'inspecteur. Mais nous devons tout de même vérifier.

Erica s'engagea la première dans l'escalier grinçant, suivie par sa mère et les deux policiers.

Rachel était toujours assise sur son lit, les couvertures remontées jusqu'à la taille.

— Salut ! dit-elle gaiement à la vue des deux hommes.

— Voici ma fille Rachel, annonça Mme McClain avant de s'approcher d'elle et de lui poser une main sur l'épaule.

— Ma sœur doit toujours être surveillée, dit Erica en venant se placer de l'autre côté du lit. Elle ne peut pas sortir seule.

— Si, je peux ! protesta Rachel en adressant un grand sourire aux policiers. Je sors tout le temps toute seule !

29

Un autre cœur brisé

— Salut, Erica. Tu vas bien ?

Erica passa devant un groupe d'élèves et se dirigea vers le casier de Melissa, où celle-ci l'attendait. Cela se passait quelques jours plus tard, un vendredi après les cours, et le grand hall du lycée se vidait rapidement.

— Je vais mieux, oui, répondit Erica. Je... je viens de passer quelques jours assez difficiles, c'est vrai. Le médecin m'a obligée à rester à la maison. Ça a été un tel choc, toute cette histoire...

— Tu penses que la police est sur une piste? demanda Melissa en s'adossant à un casier. Ils ont trouvé quelque chose?

— Non, je ne crois pas. Évidemment, après quelques minutes de discussion avec Rachel, ils ont compris qu'elle n'avait pas pu tuer Dave. Ils se sont vite rendu compte que...

Elle laissa tristement sa phrase en suspens et se mit à mâcher nerveusement son chewing-gum.

— Je n'arrive pas à croire qu'ils n'aient pas encore trouvé le moindre indice, s'étonna Melissa. C'est... c'est tellement horrible. Juste devant chez moi. Je... je ne sais plus quoi penser de tout ça. (Elle soupira et ajouta :) Tu allais où?

— A la répétition de Hamlet. J'ai passé une audition pour jouer Ophélie, mais ça n'a pas marché. Enfin, ils m'ont quand même donné un petit rôle. Au fait, tu vas à la fête sur le lac, dimanche soir?

— Oui, je pense. Pourtant, je ne suis pas trop d'humeur à faire la fête, en ce moment. Mais Luke insiste pour qu'on y aille. Il dit que, sinon, on va passer toute la soirée à se regarder dans le blanc des yeux, et que ce sera morbide.

— *Morbide*, répéta Erica en fronçant les sourcils. Ouais. Morbide. J'y vais, moi aussi.

— Ah oui? Avec qui? Comme garçon, je veux dire.

— Je n'ai trouvé personne, pour l'instant, fit Erica avec une grimace. Tout ce que je sais, c'est qu'il ne faut pas que je reste chez moi ce soir-là. C'est assez *morbide* aussi, en ce moment, à la maison. Bon allez, il faut que je me sauve. Je suis déjà en retard.

Melissa regarda Erica s'éloigner d'un pas rapide.

Pauvre gamine, se dit Melissa. Ça doit être un tel cauchemar de perdre sa sœur.

Une sœur assassinée. Une autre dont la vie est brisée à tout jamais par un accident stupide.

Décidément, le destin n'est vraiment pas tendre avec la famille McClain.

Melissa se retourna vers son casier et composa son code. Lorsqu'elle entendit le déclic, elle ouvrit distraitement la porte métallique et poussa un cri d'horreur.

— Oh non !

Sur la face interne de la porte, quelqu'un avait peint un grand cœur brisé — qui semblait avoir été tranché en deux à la hache. La peinture rouge, maintenant sèche, avait dégouliné comme si le cœur saignait. Et en dessous, en grosses lettres rouge sang, elle lut : TU ES MORTE.

30

La fête

— C'est tellement romantique, soupira Melissa.

Elle tenait le bras de Luke et s'appuyait tendrement contre lui tandis qu'ils marchaient dans l'obscurité. Luke s'était garé dans Fear Street, et ils avançaient à présent sur le chemin sinueux qui menait au lac à travers bois.

Des torches avaient été disposées tout autour du lac. A quelques dizaines de mètres, ils virent la lueur orangée des flambeaux vaciller entre les arbres, donnant au bois un éclairage presque surnaturel.

— En plus, la nuit est claire ! s'exclama Melissa. Tout est vraiment parfait !

— Oui, c'est assez joli, comme truc, admit Luke quand ils aperçurent le lac gelé.

— Tu devrais t'essayer à la poésie, toi, le taquina Melissa en lui pinçant le bras à travers son blouson.

A présent, ils entendaient la musique, que diffusait une

minichaîne portable posée sur la rive. Ils distinguaient plusieurs couples qui patinaient déjà en formant un grand cercle sur la glace.

— Vous êtes combien, dans ce manteau ? demanda Luke en riant.

Il tira sur le grand manteau de Melissa. Elle éclata de rire à son tour, puis lui adressa une petite moue boudeuse.

— Quoi, tu n'aimes pas mon manteau ? C'est celui de mon père, en fait, dit-elle en l'examinant. Bon, d'accord, il est peut-être un peu grand, mais il est bien rembourré. J'ai pensé que ça pourrait m'être utile, si tu vois ce que je veux dire.

— En tout cas, ça pourra aussi servir à autre chose : si tu es sage, je rentrerai là-dedans avec toi, tout à l'heure.

Ils rirent de nouveau, puis continuèrent leur chemin. Arrivés près de la rive, des voix attirèrent leur attention : des groupes discutaient autour d'une longue table couverte de boissons et de gâteaux. Le bois résonnait de rires et d'éclats de voix qui se mêlaient au vacarme de la musique.

— Je t'ai prévenu, hein, dit Melissa tandis que Luke l'aidait à lacer ses patins. Je suis loin d'être une championne.

Elle leva les yeux vers les patineurs qui évoluaient avec tant de facilité, tant de grâce... sur le lac. Elle en connaissait la plupart.

— Regarde Cory Brooks, dit Luke en lui désignant un garçon du doigt.

Comme d'habitude, Cory, le roi de la frime, faisait son petit show. Il patinait en arrière, sur un seul pied, les bras tendus comme un funambule.

— Quel frimeur, grommela Luke.

Il éclata de rire lorsqu'il vit Cory percuter de plein fouet David Metcalf et l'entraîner dans une chute spectaculaire. Les quatre fers en l'air, ils glissèrent presque jusqu'à la rive sur le dos.

Luke cessa de rire lorsqu'il vit l'expression de Melissa.

— Hé, qu'est-ce qu'il y a ? Ne t'inquiète pas, tu ne peux pas te débrouiller plus mal que Cory Brooks.

— Non, je... Ce n'est pas à ça que je pensais, dit-elle gravement, en prenant la main que lui tendait Luke. Je pensais à ce qu'il y avait dans mon casier. Cet horrible cœur brisé. Et puis ces deux cartes de menaces que j'ai reçues.

— Holà, holà... Je croyais qu'on était venus ici pour faire la fête!

— Je sais, fit-elle en soupirant. Mais je me demande si on a bien fait. On n'aurait peut-être pas dû venir, Luke.

Il la prit par les deux mains et l'attira doucement vers la glace.

— Allez, ne t'inquiète pas, lui dit-il d'une voix douce et rassurante. Je suis là. Oublie ces bêtises.

D'un grand geste, il désigna le décor féerique qui les entourait :

— Regarde, reprit-il. C'est magnifique, non?

— Tu as raison, fit Melissa en lui adressant un sourire un peu forcé. Excuse-moi.

Ils patinèrent côte à côte pendant un moment, se frayant un chemin comme ils pouvaient parmi la foule. Melissa se déplaçait sans grande assurance.

Je suis comme un bébé qui fait ses premiers pas, se disait-elle, honteuse.

Luke, au contraire, glissait avec beaucoup d'aisance, et d'élégance.

Il a l'air tellement plus sûr de lui sur des patins que lorsqu'il marche, songea Melissa.

— Attention, n'allez pas par là! leur cria quelqu'un en leur désignant une zone sur laquelle personne ne s'aventurait.

— Pourquoi, qu'est-ce qu'il y a? demanda Luke.

— La glace est beaucoup trop fine. Elle commence déjà à se fendiller!

Luke fit un large et gracieux demi-tour et revint vers Melissa en lui tendant la main. Mais à ce moment-là, le patin gauche de la jeune fille heurta quelque chose et elle trébucha.

— Ah!

Elle tendit les mains en avant pour essayer d'amortir sa

chute, et tomba brutalement sur le coude. Une douleur aiguë lui traversa tout le bras.

— Aïe! fit-elle. C'est pas vrai!

— Ça va? dit Luke en se penchant pour l'aider à se relever.

— Ça, je t'avais prévenu...

Melissa fit une grimace de douleur. Elle avait très mal au bras et à la hanche, mais elle fit comme si de rien n'était, et laissa Luke la remettre sur pied.

— Je ne suis pas encore tout à fait prête pour Holiday on Ice, hein?

— Ah! mais tu es quand même tombée avec une certaine grâce, c'est déjà pas mal! Je t'assure, tu te plantes comme une vraie pro. Sérieux.

— C'est ça, moque-toi.

Ils se remirent à patiner au rythme de la musique. Ils décrivaient avec les autres un grand ovale sur le lac gelé. La seule lumière provenait des torches plantées à intervalles réguliers sur la rive, qui projetaient de grandes ombres vacillantes sur la glace.

— Hé, attends-moi! cria Melissa.

Luke, qui patinait de mieux en mieux, avait pris de l'avance sur elle. Melissa finit par le perdre de vue dans la foule.

— Attends! Je ne peux pas te...

Avant d'avoir terminé sa phrase, elle chuta de nouveau. Ses patins semblèrent partir tout seuls, et elle retomba lourdement sur le dos.

— Hé, Luke!

Comme surgi de nulle part, il apparut aussitôt à ses côtés et l'aida à se remettre debout.

— Comment tu as fait ton compte, ce coup-ci?

— Demain matin, je vais être couverte de bleus. Je crois que ce sont mes chevilles, elles ne sont pas assez solides.

— Viens avec moi, ordonna-t-il.

Elle le suivit prudemment, sans chercher à faire d'exploits. Elle avait complètement perdu confiance en elle.

— Hé! où est-ce que tu m'emmènes, comme ça?

— Je vais te donner un cours.

Il l'entraînait loin de la foule, loin de la lumière, loin de la musique.

— On a vraiment besoin d'aller aussi loin pour que tu me donnes un cours ? demanda-t-elle en essayant de rester dans son sillage.

— Ah, mais c'est un cours *particulier,* figure-toi !

Il s'enfonça dans l'ombre. Elle ne distinguait plus qu'une vague silhouette devant elle et parvenait à le suivre grâce au bruit que faisaient ses patins sur la glace.

Il faisait si sombre, loin des torches. Loin de la fête.

— Hé, Luke ! s'écria-t-elle, de moins en moins rassurée. Luke, la glace ! J'ai l'impression qu'elle craque !

Elle se rappela soudain qu'on leur avait interdit de patiner par là.

— Luke, on n'aurait pas dû venir ici ! s'écria-t-elle, la gorge serrée, le cœur battant à tout rompre.

Tout était si sombre, si silencieux.

Elle entendit un nouveau craquement juste derrière elle.

Luke sortit brusquement de l'obscurité. Il avançait droit sur elle, le visage fermé, les mâchoires serrées, les yeux braqués sur elle de manière menaçante.

Pourquoi m'a-t-il amenée ici ? se demanda-t-elle, à présent terrorisée.

Pourquoi m'a-t-il attirée dans cette zone dangereuse, à l'écart des autres ?

Elle pivota sur elle-même, faillit tomber, et se mit à patiner dans la direction opposée, vers la lumière, vers la fête.

Il fut sur elle en un clin d'œil et l'agrippa par les épaules.

D'un coup sec, il la força à se retourner.

Derrière ses lunettes, ses yeux étincelaient de plaisir sauvage.

— Luke, qu'est-ce que tu *fais* ? cria Melissa.

31

Une silhouette sombre et masquée

Luke laissa glisser ses mains le long du corps de Melissa et la saisit fermement par la taille. Puis il se pencha vers elle et l'embrassa.

— Je voulais juste qu'on soit un peu seuls, murmura-t-il en l'embrassant de nouveau.

— Lâche-moi ! s'écria-t-elle d'une voix pleine de colère.

Elle le repoussa violemment.

— Melissa, qu'est-ce qu'il t'arrive ?

— Il m'arrive que tu m'as fichu une trouille bleue ! Tu comprends ? Comment peux-tu être si... insensible ?

— Je croyais qu'on venait là pour s'amuser, répliqua-t-il d'un ton boudeur. J'avais simplement...

— Tu avais simplement oublié toutes ces menaces de mort que j'ai reçues !

— Non, je pensais...

— Tu pensais que ce serait très marrant de m'amener dans le coin le plus sombre du lac, là où la glace n'est pas solide ! C'est vraiment malin, je t'assure !

Elle poussa un nouveau cri de colère en levant les poings, et faillit basculer en arrière.

— Bon, d'accord, j'ai eu tort, reconnut Luke en faisant mine de se protéger de la fureur de Melissa. On se calme, O.K. ? On va quand même pas en faire un drame ?

Melissa lui décocha un regard noir, mais sa colère commençait déjà à s'estomper.

Luke essayait simplement d'être un peu romantique.

Mais il lui avait fait peur. Vraiment peur.

Et de toute façon, ils n'avaient pas à traîner par ici alors que la glace risquait de se rompre à tout moment.

— Pourquoi tu ne vas pas patiner sans moi ? lui proposa-t-elle d'une voix plus douce. Je vois bien que je te ralentis.

Allez, va t'amuser un peu. On n'a qu'à se retrouver plus tard près de la grande table. D'accord ?

— Si ça peut te faire plaisir, dit-il à contrecœur. Tu m'en veux encore ?

— J'en sais rien, fit-elle en haussant les épaules.

Elle le regarda s'éloigner sur la glace.

— Quand je reviendrai, je t'apprendrai deux ou trois petits trucs, promit-il en se retournant.

— Ouais... Comment tenir debout sur des patins, par exemple !

Elle n'était pas sûre qu'il l'ait entendue. Une rafale de vent froid lui fouetta le visage. Elle s'en voulait un peu d'avoir, ne serait-ce qu'un instant, soupçonné Luke de lui vouloir du mal.

— Qu'est-ce que je fais ici toute seule ? se demanda-t-elle à haute voix.

Les autres patineurs lui semblaient à des kilomètres. Elle n'entendait même plus la musique, seulement les pulsations régulières des basses.

Plongée dans une obscurité presque complète, elle sentit la panique la gagner.

Il faut que je parte tout de suite d'ici.

Elle se mit à patiner prudemment. Sous ses patins, la glace humide ne lui paraissait pas plus épaisse que du papier à cigarettes.

Elle entendit un grand craquement derrière elle. La glace cédait en grondant.

Elle essaya de patiner plus vite, perdit l'équilibre, battit des bras, et tomba sur le ventre.

— Bien joué, bougonna-t-elle.

Alors qu'elle s'agenouillait péniblement, elle vit une silhouette s'avancer vers elle, le visage dissimulé par une capuche.

Qui est-ce ? se demanda-t-elle en achevant de se relever.

La silhouette sombre patinait vite, penchée en avant. Sous la capuche, elle semblait ne pas avoir de visage.

Melissa plissa les yeux pour essayer de distinguer ses traits.

La mystérieuse silhouette approchait. Elle fonçait droit sur Melissa.

Et... que tenait-elle dans sa main ?

Un objet brillant, sur lequel scintillait la lumière des torches. Un objet métallique.

Comme la lame d'un couteau.

— Nooonnn !

Melissa poussa un hurlement de terreur. Elle voulut prendre la fuite, mais ses jambes semblaient paralysées.

La glace craqua bruyamment, tout près d'elle.

La silhouette continuait à avancer vers elle, tête baissée.

Soudain, la capuche glissa, laissant échapper de longs cheveux roux.

— Rachel ? s'écria-t-elle.

La silhouette à la crinière rousse glissait à toute vitesse dans la pénombre. La main qui tenait le couteau se leva lentement.

Melissa essaya de bondir sur le côté pour esquiver le coup.

— Rachel !

La tête toujours baissée, ses longs cheveux flottant derrière elle, Rachel percuta Melissa de plein fouet.

Projetée en arrière par la violence du choc, Melissa poussa un cri.

Et elle suffoqua en sentant le couteau s'enfoncer dans son flanc.

32

Sur la glace fine

— Au secours !

Melissa poussa un cri étranglé.

Pétrifiée sur place, elle attendait que la douleur de la blessure se propage dans tout son corps.

Puis elle se rendit compte brusquement que le couteau

n'avait rien transpercé d'autre que le molleton de son manteau. Elle n'était pas blessée.

Son assaillante s'en aperçut aussi et tira sur le manche du couteau, s'apprêtant à frapper de nouveau.

— Rachel, arrête ! hurla Melissa.

Dans son affolement, elle perdit l'équilibre.

— Rachel...

Sur le point de tomber, elle tendit une main pour essayer de se raccrocher à son agresseur.

— Oh !

Elle avait empoigné, au hasard, les longs cheveux roux... et venait de les arracher.

Une perruque.

Elle battit un instant des bras avant de parvenir à retrouver son équilibre.

— Erica ! s'écria-t-elle. Toi !

Dans la pénombre, elle devinait le regard assassin qu'Erica fixait sur elle. La jeune fille brandit son couteau.

— Rends-moi cette perruque, Melissa, grogna-t-elle, le souffle court, en tendant sa main libre vers elle. Tu ne voudrais quand même pas qu'elle manque au club de théâtre, hein ?

— Erica... *Pourquoi ? Pourquoi ?*

D'un geste rapide et violent, Erica lui arracha la perruque des mains. Ses yeux brillaient de haine.

— Surprise, hein, Melissa ? grommela-t-elle entre ses dents serrées.

— Oui...

— Bien sûr. Qui aurait pu soupçonner Erica ? Ça ne t'a même jamais traversé l'esprit, je parie. Personne ne pense jamais à moi, murmura-t-elle amèrement. Après tout, qu'est-ce que je suis, moi ? Rien. Rien du tout !

— Erica, s'il te plaît... fit Melissa d'une voix suppliante tandis qu'Erica levait une nouvelle fois le couteau.

— Rachel, c'est la plus jolie de la famille, poursuivit-elle sans tenir compte des gémissements de Melissa. Josie, c'était celle que tout le monde admirait... ou enviait. Et moi, dans tout ça ? J'étais la pauvre Erica, la brave petite Erica, si simple, si timide, si ordinaire.

Elle baissa lentement son couteau et se rapprocha de Melissa, qui eut un mouvement de recul. La glace craqua de façon menaçante.

Il faut que je continue à la faire parler, se dit Melissa. C'est ma seule chance.

— Tu... tu as tué Josie ? balbutia-t-elle.

— Bien sûr ! répliqua aussitôt Erica d'une voix rauque.

— Ta propre sœur ? Mais Erica... *pourquoi ?*

— Josie devait mourir. Elle était responsable de l'accident de Rachel. Est-ce qu'elle a assumé ses responsabilités, ensuite ? Non. Josie a continué à vivre comme avant, en ne pensant qu'à elle. Et moi... je me suis retrouvée coincée à la maison avec Rachel.

Elle approcha son visage de celui de Melissa. Ses yeux lançaient des éclairs.

— Tu sais combien de vies ont été foutues en l'air le jour de l'accident de Rachel ? Hein ? Tu sais combien ? Deux ! Celle de Rachel et la mienne. Deux vies brisées à jamais. Mais Josie et toi, vous n'avez pas eu trop de problèmes, hein ? Tout allait très bien, pour vous. Je me trompe ?

— Oui, tu te trompes, Erica. Plus que tu ne crois, même. Josie et moi, on a toutes les deux été très...

— La ferme ! hurla Erica. Tu sais à quel point j'attendais cette année de lycée ? Eh bien, grâce à Josie et à toi, je n'ai pas pu en profiter une seule minute. Il a fallu que je laisse tomber tout ce qui m'intéressait pour m'occuper de Rachel. Josie, elle, n'a rien laissé tomber. Je ne pouvais pas la laisser s'en tirer comme ça. Je ne pouvais pas.

Melissa jeta un coup d'œil par-dessus l'épaule d'Erica, vers les groupes de patineurs. Où est Luke ? se demanda-t-elle. Mais où est-il ?

— Mais les cartes... dit-elle à Erica. Je ne comprends pas. C'est Dave qui les a envoyées à Josie. Et toi, tu...

— Quand Dave a commencé à envoyer ces poèmes horribles pour la Saint-Valentin, j'ai compris que c'était l'occasion rêvée pour me débarrasser de Josie. Ce sont les cartes qui m'en ont donné l'idée. Quand je les ai vues, j'ai su que j'allais enfin pouvoir faire payer à Josie ce qu'elle nous avait fait, à Rachel et à moi. Sans que personne puisse se douter de quoi que ce soit.

— Mais... mais tu as été attaquée, toi aussi ! Tu as été blessée !

— Je me suis blessée toute seule. C'était rien...

— Je ne peux pas le croire, souffla Melissa.

Où est Luke ? Où sont-ils tous ? Personne ne nous voit donc ?

— J'étais restée à la maison, en prétendant que j'étais trop bouleversée par la mort de Josie pour aller à son enterrement. J'étais un peu inquiète, je me demandais si quelqu'un ne finirait pas par me démasquer. Et puis j'ai vu Dave se faufiler dans la maison. J'ai compris qu'il m'offrait une chance unique d'écarter de moi tous les soupçons. J'ai appelé la police. Ensuite, je me suis poignardée avec le coupe-papier. J'avais choisi un endroit où je ne risquais pas grand-chose, sur le côté, et je savais que de toute façon Dave viendrait me secourir avant que j'aie perdu trop de sang. Ce bon vieux Dave...

— Mais tu l'as tué aussi, lui ? s'écria Melissa, atterrée.

— J'étais obligée. Il commençait à devenir un peu trop malin. Il avait compris que j'avais gardé les cartes qu'il avait envoyées à Josie, et que je m'en servais pour imiter son écriture sur les cartes que tu as reçues.

Discrètement, Melissa recula de quelques centimètres. Un craquement sinistre se fit entendre.

Des éclats de rire et des cris lui parvenaient de la fête.

Il faut que j'arrive à lui fausser compagnie et à retourner vers les autres, songea Melissa. *Il le faut !*

Comme si elle lisait dans ses pensées, Erica releva le couteau.

— Assez parlé, dit-elle calmement.

— Mais pourquoi moi ? s'écria Melissa épouvantée. Je suis ton amie, Erica.

— Tu parles, répliqua-t-elle avec un petit rire amer. Tu

n'as jamais été mon amie. Tu as tout, toi, Melissa. La pauvre Rachel a tout perdu, elle. Tu lui as même pris Luke. Oui, tu as même osé lui enlever l'une des dernières personnes qui tenaient à elle. Et bien sûr, je me suis retrouvée encore plus coincée, moi. Parce que après que tu lui as enlevé Luke, il ne lui restait plus que moi.

Elle laissa tomber la perruque à ses pieds et brandit le couteau au-dessus de sa tête.

— Tu dois mourir, Melissa. Ce n'est que justice. Tu as tué Rachel, tu m'as tuée. Maintenant, tu dois mourir aussi.

— Pourquoi cette perruque ? demanda Melissa, essayant désespérément de gagner du temps. Pourquoi tu as mis cette perruque rousse ?

— Parce que c'est aussi la revanche de Rachel, dit-elle en baissant les yeux vers la boule de cheveux roux. Je voulais que Rachel soit avec moi. Et d'une certaine manière, elle est avec moi en ce moment, elle se venge de ce que tu lui as fait.

— Tu es folle !

Erica poussa un juron. Et soudain, le couteau trancha l'obscurité en sifflant dans l'air froid.

En essayant d'esquiver le coup, Melissa tomba en arrière. Elle aperçut Luke au moment où elle heurtait la glace. Penché en avant, il fonçait vers elle.

— Luke ! hurla-t-elle. Au secours !

Erica sauta sur elle et plongea le couteau vers sa gorge.

Melissa entendit un grondement de tonnerre. Il lui fallut une fraction de seconde pour réaliser que c'était la glace qui se brisait sous elles.

— Au secours, Luke ! parvint-elle à crier tandis que la glace s'ouvrait sous ses pieds.

Elle se sentit basculer dans le vide. Elle vit l'expression du visage d'Erica passer instantanément de la fureur à la peur. Elle la vit lever les deux mains au-dessus de sa tête, comme pour se raccrocher à une barre invisible, et pousser un hurlement de terreur.

La croûte de glace céda sous leur poids et les deux filles tombèrent dans l'eau glacée.

33

Noyée

Melissa sentit la morsure de l'eau sur son corps. Puis elle commença à couler. Elle tendit les deux mains vers le ciel.

— Luke !

Couché sur le ventre, Luke l'attrapa par les poignets et tira de toutes ses forces pour essayer de la remonter.

— Luke, au secours !

Dans un effort désespéré, il parvint à la sortir du trou noir.

En se retournant, elle le vit se recoucher sur la glace pour secourir Erica.

Trop tard.

Erica avait disparu dans l'eau glacée comme aspirée vers le fond.

— J'ai fait ça pour toi, Rachel ! eut-elle le temps de crier avant d'être engloutie dans les flots sombres.

Claquant des dents, Melissa s'agenouilla sur la glace. Son cœur tambourinait violemment dans sa poitrine, tout son corps tremblait d'horreur et de froid. Elle vit Luke plonger une main dans l'eau.

— Erica ! Erica ! criait-il.

La glace se remit à craquer tout autour d'eux. Luttant contre sa peur, Melissa glissa jusqu'à Luke et s'allongea près de lui.

— Où est-elle, Luke ? Pourquoi elle ne remonte pas ? cria-t-elle d'une voix aiguë qu'elle ne reconnut pas.

— Erica ! Erica !

— Luke, regarde !

D'abord, elle crut apercevoir un poisson coincé sous la fine pellicule de glace, à côté du trou.

La bouche apparut la première, les lèvres légèrement entrouvertes.

Puis le nez. Un nez humain.

Enfin, deux yeux grands ouverts.

Elle se rendit alors compte avec effroi qu'elle était en train d'observer le visage d'Erica, plaqué contre la glace. Qui la regardait fixement.

— Pourquoi elle ne bouge pas ? hurla-t-elle en secouant le bras de Luke. Pourquoi elle ne revient pas jusqu'au trou ? Pourquoi elle nous regarde comme ça, Luke ? Elle ne bouge plus du tout !

— Je ne crois pas qu'elle *veuille* remonter, dit tristement Luke.

Épouvantée, Melissa ne pouvait détacher ses yeux de ce visage immobile sous la glace.

Erica était prisonnière depuis un an, observant passivement le monde, songea-t-elle.

Maintenant, elle nous observe, enfermée dans une autre prison.

Elle détourna péniblement les yeux de ce visage fantomatique, et fut surprise de découvrir un attroupement autour d'eux. Tout le monde s'interrogeait à voix basse :

— Qu'est-ce qu'il s'est passé ?

— Melissa est tombée ?

— Il y a quelqu'un dans l'eau ?

— La glace s'est brisée ?

— Allez chercher de l'aide.

— Vite, allez prévenir les secours !

Avec un soupir, Luke se releva et aida Melissa à se remettre debout. Il passa un bras autour de sa taille et, en la serrant fermement contre lui, l'entraîna vers la rive.

En baissant les yeux, elle se rendit compte qu'elle tenait la perruque rousse à la main.

Elle la jeta le plus loin possible sur la glace, comme pour se débarrasser de toutes les horreurs de cette soirée. Puis elle enfouit son visage dans la chaleur rassurante du blouson de Luke.

34

Au diable la Saint-Valentin !

— C'est moi qui l'ai fait, déclara Rachel avec un grand sourire.

Assis sur le canapé avec elle, Melissa et Luke se penchèrent pour examiner la peinture qu'elle leur montrait fièrement.

— C'est un bonhomme de neige, hein ? dit Melissa.

— Gagné ! s'écria Rachel en riant comme une petite fille.

Adossée au mur, près de la porte du bureau, Mme McClain les observait d'un air serein.

— C'est très joli, dis donc, déclara Luke.

— Je peins beaucoup à l'école.

Rachel commença à rouler la feuille de papier, mais son sourire s'estompa et laissa la place à une expression songeuse.

— J'aurais bien aimé le montrer à Erica, murmura-t-elle.

Embarrassée, Melissa se tourna vers Luke. Il regardait sa montre.

— Ma sœur me manque, dit Rachel en achevant de rouler sa peinture. Mais je vais aller mieux, bientôt. Je vais aller mieux et je vais pouvoir sortir toute seule.

— Oui, intervint Mme McClain d'un ton un peu trop enjoué pour être naturel. Très bientôt, tu verras.

Elle traversa la pièce et vint se placer derrière le divan. Elle posa tendrement les mains sur les épaules de sa fille.

— Bon, continua-t-elle, je crois que Melissa et Luke doivent partir, maintenant.

— Oui, on est un peu en retard, dit Luke en se levant aussitôt.

Melissa se pencha vers Rachel et la serra très fort dans ses bras.

— Je reviendrai te voir bientôt, Rachel.

— Je vais peindre un autre bonhomme de neige pour toi !

Melissa et Luke saluèrent Mme McClain et s'éclipsèrent. C'était un après-midi de mars, le vent soufflait en violentes rafales, une fine couche de neige recouvrait le sol et des nuages blancs passaient très haut dans le ciel.

— Ça m'a fait du bien de revoir Rachel, dit Melissa en prenant la main de Luke tandis qu'ils quittaient l'allée des McClain pour aller chez elle. Je ne l'avais pas vue depuis... depuis la Saint-Valentin, je crois. Trois semaines, déjà.

— Ne me parle pas de la Saint-Valentin, rétorqua-t-il. Quel horrible souvenir ! Je déteste la Saint-Valentin. Je voudrais la rayer du calendrier.

— Oui, tu as raison, approuva-t-elle en se serrant contre lui. Tant pis pour la fête des amoureux. De toute façon, pour nous, ce n'est pas très grave. La fête des amoureux, c'est déjà trois cent soixante-quatre jours par an ! On peut bien se passer du trois cent soixante-cinquième, non ? Ça nous fera des vacances !

— Je t'adore, murmura-t-il en s'arrêtant au beau milieu de Fear Street pour l'embrasser.

Déjà parus dans la collection Peur Bleue

R.L. STINE

Pari mortel - 4518/2
Dara a invité tous ses amis à passer un week-end à la montagne. Mais une tempête de neige bloque les routes et coupe les lignes téléphoniques. Les voilà coincés dans le chalet. Dara sort chercher du bois et ne revient pas. Un terrible huis clos commence...

La chambre condamnée - 4519/2
Lea vient d'emménager avec ses parents dans une vieille maison de Fear Street. Au grenier, une pièce est condamnée, où, dit-on, un meurtre aurait été commis... Lea y pénètre. Et trouve une petite fille, Catherine. Qui lui dit être un fantôme et lui propose de l'aider à se venger de ses camarades de classe trop cruels. Lea se laisse tenter. Mais, bien vite, elle perd tout contrôle de la situation.

La tombe sauvage - 4530/2
Ellie a toujours eu des visions. Depuis peu, ces visions la renvoient à la disparition de son amie Melinda : une main de squelette sortie de terre, un couteau ensanglanté qui lui tombe sur le cœur, une photo qui se déforme sous ses yeux, tous ces indices la terrifient. Que veut lui dire Melinda ?

Coupés du monde - 4534/2
Quatre copains partent seuls passer leurs vacances dans un magnifique hôtel un peu isolé. Quand ils arrivent à l'hôtel, il est fermé pour travaux. Seul y vit un vieil homme étrange qui les enjoint de rester pour participer à "la fête". En vérité, une curieuse chasse à l'homme...

Halloween Party - 4623/2
La belle Justine organise une soirée Halloween dans son vieux manoir. Personne ne comprend pourquoi. Seules neuf personnes sont invitées. Toutes bien décidées à s'amuser. Ignorant que la fête n'est que le prétexte d'une terrible vengeance.

Dans la peau d'une autre - 4671/2
Nicole est mal dans sa peau, et accepte d'échanger de corps avec Lucy en sautant avec elle du mur magique de Fear Woods. Mais le jeu tourne bientôt au cauchemar ...

Malédictions - 1 - La trahison - 4768/2
1692, dans un petit village du Massachusetts. Susannah Goode et sa fille vont être brûlées vives pour sorcellerie ! Sur dénonciation de l'horrible Simon Fear qui veut la mort de toute la famille Goode...
Ainsi a commencé la malédiction de Fear Street qui, trois cents ans plus tard, frappe encore ceux qui vivent sur ces lieux...

Malédictions - 2 - Le secret - 4833/2
Deuxième volet des *Malédictions*. Au XVIIIe siècle, en Amérique, le vieil Ezra Fear revient s'installer dans le village maudit avec ses deux enfants, Jonathan et Abigail. Une petite voisine invite Abigail à venir jouer dans sa maison. Elle s'appelle Hester Goode et sa "maison" est une tombe...

Malédictions - 3 - Le brasier - 4896/2
Pour échapper à la malédiction qui pèse sur sa famille, Simon Fear part s'installer à La Nouvelle-Orléans. Là, pour séduire Angelica, il tue ses deux soupirants... Ignorant qu'Angelica, férue de magie noire, est en fait responsable de ces morts. Les deux tourtereaux s'installent à Shadyside et engagent une servante, qui porte le nom de Goode...

CHRISTOPHER PIKE

Un squelette sous la mer - 4520/3
Jill part à Hawaï rejoindre ses amies pour une semaine de vacances. Dans l'avion, elle rencontre Mike qui meurt sous ses yeux d'une façon horrible. Sous le choc, elle retrouve ses amies et prend des cours de plongée avec deux moniteurs. Elle leur parle de Mike et ils lui assurent qu'il est mort à Hawaï. Mais d'un accident de plongée. Et un an auparavant...

Diaboliquement vôtre - 4521/3
Comme chaque année, le lycée organise une grande chasse au trésor. Carl est ravi d'y participer, d'autant qu'il fait partie de l'équipe de Cessy dont il est secrètement amoureux. Leur équipe est largement en tête. Mais, peu à peu, la chasse au trésor les entraîne vers des lieux inquiétants. Comme si elle avait en fait un tout autre but...

Week-end fatal - 4525/3
Neuf copains se retrouvent pour un week-end chez Lena et Robin au Mexique. Robin est très malade : six mois plus tôt, lors d'une fête, elle a bu « par accident » un verre de bière dans lequel quelqu'un avait versé du poison. Qui ? L'heure est venue de démasquer le coupable. Coûte que coûte...

Dernier acte - 4620/3
Nouvelle dans la ville, Mélanie a du mal à se faire des amies. Elle se lie avec Susan, qui lui propose de jouer dans la pièce de théâtre qu'elle dirige : Mélanie doit y tuer sa partenaire Rindy. Le soir de la première, Mélanie tire... et tue Rindy: l'arme était réelle ! Qui en voulait assez à Rindy pour avoir remplacé le pistolet factice et transformé Mélanie en meurtrière ?

La chaîne de la mort - 1 - 4644/2
Par accident, un groupe de jeunes rentrant d'une soirée bien arrosée renverse un homme. Pris de panique, ils l'enterrent et se jurent de ne jamais en parler à personne. Mais bientôt, tous reçoivent une lettre anonyme menaçant de tout révéler à la police. Visiblement, quelqu'un de très bien renseigné cherche à les faire chanter...

La chaîne de la mort - 2 - 4723/2
Avec la mort de Neil, Fran et ses amis pensent enfin être débarrassés de leur maître chanteur. Pourtant, Fran reçoit une lettre anonyme lui ordonnant de tuer son chiot, sinon... Les morts suspectes se succèdent et Alison et Tony enquêtent. Notamment sur Jane, une nouvelle venue, qui a un comportement plutôt bizarre...

Scénario macabre - 4532/3
Le jeune Marvin vit dans un environnement difficile : père absent, mère alcoolique... Pour s'évader, il écrit, sous pseudo, des thrillers à succès. Depuis le meurtre de son petit ami, Shelly s'éloigne de Marvin. Car elle le soupçonne d'être responsable de cette mort : dans un de ses livres, Marvin a décrit la scène exacte du crime. Elle décide de tendre un piège à Marvin pour le démasquer...

Déjà parus dans la collection Noir Mystère

ANNE CASSIDY

Les enquêtes de Patsy Kelly

1 - Affaires de famille - 4522/2
2 - Voie de garage - 4526/2
3 - Sans issue - 4533/2
4 - Un frère bien sous tous rapports - 4621/2
5 - Mort accidentelle - 4645/2
6 - Rendez-vous nocturne - 4922/2

KATE CHESTER

Le mystère Sara Howell

1 - La prochaine sur la liste - 4724/2
2 - Disparue - 4800/2
3 - Règlement de compte - 4865/2

FIONA KELLY

Mystery Club

1 - Indices secrets - 4523/2
2 - Un témoin trop gênant - 4531/2
3 - L'île interdite - 4535/2
4 - Minuit, l'heure du crime - 4624/2
5 - Jeux dangereux - 4672/2
6 - On a enlevé Tracy ! - 4769/2
7 - Cache-cache - 4834/2
8 - Motus et bouche cousue - 4897/2
9 - Course-poursuite - 4940/2
10 - Sur écoute - 5005/2

MALCOM ROSE

1 - Un parfait coupable - 4971/2

4939

Composition Euronumérique
Achevé d'imprimer en Europe (Allemagne)
par Elsnerdruck à Berlin
le 9 mai 2000
Loi n° 49-956 du 16 juillet 1949
sur les publications destinées à la jeunesse
Dépôt légal : mai 2000. ISBN 2-290-14939-X
1er dépôt légal dans la collection : juillet 1998
Éditions J'ai lu
84, rue de Grenelle, 75007 Paris
Diffusion France et étranger : Flammarion